Estudante Submisa e outras historias

Erika Sanders
Serie
Dominación e submisión erótica

Sinopse

Este libro consta das seguintes historias:
Estudante Submisa
Doutora moi comprensiva
Na oficina

Estudante Submisa é unha novela con forte contido erótico BDSM e, á súa vez, unha nova novela pertencente á colección Erotic Domination and Submission, unha serie de novelas con alto contido BDSM romántico e erótico.

(Todos os personaxes teñen 18 anos ou máis)

Nota dunha escritora:

Erika Sanders é unha coñecida escritora internacional, traducida a máis de vinte idiomas, que asina co seu apelido de solteira os seus escritos máis eróticos, lonxe da súa prosa habitual.

Índice:

ESTUDANTE SUBMISA E OUTRAS HISTORIAS
ERIKA SANDERS

ESTUDANTE SUBMISA

PRIMEIRA PARTE
CARTA DE RECOMENDACIÓN

CAPÍTULO I

Cynthia sentou fóra do despacho do profesor.

Achegáronse os exames finais, o que significaba que o profesor estaría ocupado reunindo cos alumnos.

Agardou polo menos vinte minutos mentres a porta do profesor permaneceu pechada.

Estaba un pouco nervioso esperando por este profesor que era normalmente severo.

Cando a porta se abriu, viu ao profesor falando con outro alumno, que se dispoñía a marchar.

Cynthia ergueuse mentres a outra estudante marchaba, e o profesor volveu a atención nela.

Era un home alto, ben vestido, casado e duns cincuenta anos.

"Cynthia, é bo verte", dixo. "Tes unha cita?"

"Non. Síntoo, profesor. Isto é unha cousa de última hora".

"Estou seguro de que coñeces a miña política con respecto ás reunións. Espero que antes se faga unha cita, se non, sempre habería unha longa fila fóra da miña porta".

Respirou profundamente buscando conseguir confianza.

"Dáme conta diso. Pero agora non hai ninguén aquí. Estou seguro de que podes facer unha excepción por min".

"Ben. Só porque es un estudante traballador. Entra".

Mostrou un sorriso estraño e fíxolle un aceno para que entrase no seu despacho, despois pechou a porta.

O profesor sentou detrás da súa mesa e Cynthia sentouse diante del.

"Como podo axudarche?" Preguntou, poñendo cómodo no seu asento.

"Ben, estou pensando moito ultimamente e decidín presentarme á facultade de Dereito para o próximo curso. Xa fixen o curso de acceso e

conseguín sacar unha nota alta. A miña media tamén está por riba dun
B+".

El asentiu.

"Unha elección interesante. Creo que vai facer moi ben na
facultade de Dereito. Non é fácil, pero certamente tes a personalidade e
o cerebro para facelo".

"Grazas", sorriu.

"Supoño que queres unha carta de recomendación miña?"

"Por iso estou aquí. Ti es o primeiro profesor ao que pedín, e espero
de verdade que o fagas por min".

"Entón, son a túa primeira opción? Por que? Teño curiosidade".

Cynthia sentiuse un pouco intimidada.

"Ben, ten unha gran reputación nesta universidade. E tamén é o
presidente do departamento, que creo que quedará ben na miña
solicitude".

"Tamén teño conexións coas principais facultades de dereito.
Sabías que?"

Ela asentiu tímidamente.

"Sabíao. Quero dicir, escoiteino doutros estudantes. Pero non
estaba seguro de se era certo ou non".

"Teño amigos íntimos que están no comité de admisión nalgunhas
das mellores facultades de dereito. Polo tanto, as miñas cartas de
recomendación son moi útiles".

"¿Considerarías escribirme unha carta?" preguntou ela nun ton
tímido.

"Non podo", respondeu sen rodeos. "Por desgraza, chegas
demasiado tarde".

"¿Por que? O prazo para a solicitude da facultade de Dereito é a
principios do próximo ano".

"Verdade. Pero só escribo dúas cartas de recomendación ao final de
cada semestre. É unha política persoal miña. Se non, tería que escribir
cartas para todos. Daquela, as miñas recomendacións serían inútiles, xa

que calquera alumno meu podería Consigue un. Ten sentido para ti, Cynthia?

"Teño".

"Se viñeras antes, teríao feito por ti. Es un dos estudantes máis capaces que tiven nos últimos anos. E iso significa moito, xa que esta universidade está chea de estudantes superdotados". "

"Se cres que son un dos teus mellores estudantes, por que non podes facer unha excepción por min?" ela suplicou.

"Díxencho. A miña regra son dúas recomendacións por semestre. Sempre sigo as miñas regras. En todos os meus anos de ensino, nunca fixen unha excepción. Nunca".

Ela mantivo a cabeza baixa, antes de recuperar a compostura.

"Entendo", respondeu ela, preparándose para marchar. "Grazas polo seu tempo, profesor".

"Espera", dixo, deténdoa. "Sabes que me xubileo este ano, non?"

"Si, escoiteino".

"Esta será a miña última ensinanza do cuadrimestre. Podería escribirche unha carta de recomendación a principios do próximo ano, e poderías presentarte na facultade de dereito antes do prazo. Iso estaría dentro das miñas regras".

Cynthia sorriu.

"Iso soa xenial. Moitas grazas, profesor. Realmente significa moito para min".

"Non digo que o faga. Digo que podería".

"Oh, entón que teño que facer?"

"Primeiro, dime por que queres ir á facultade de Dereito. Cal é o teu obxectivo final?"

Pensou un momento en compoñer unha boa resposta.

"Ben, sempre quixen unha carreira na que puidese ser unha gran defensora das mulleres. Xa case acabo coa especialidade de Estudos de Muller e Xénero. Pensei en ser xornalista, onde puidese informar sobre diversos temas. Pero meus pais sempre me dicían "Animaronme a probar Dereito. Penseino todo o semestre, xa que estou preto de graduarme. Despois de moito consideralo, decidín que estudar Dereito é para min".

El asentiu.

"Certamente pensaches moito isto".

"Si señor, teño".

"E os teus logros académicos ata agora? Algo que debería saber?".

Ela pensou para si mesma de novo.

"Ben, escribín varios ensaios nalgunhas das miñas clases que se centran nos dereitos das mulleres, as mulleres de cor e varias cuestións sociais neste país e no mundo. Saín unha A en todas elas".

"Non é de estrañar. Paréceme unha rapaza moi intelixente. Gústame iso de ti".

"Grazas", ela ruborouse.

"Envíame por correo electrónico todos eses ensaios que mencionaches. Gustaríame miralos antes de tomar a miña decisión".

"Por suposto."

"Gústasme moito, Cynthia", dixo. "Creo que tes un talento inmenso. Mulleres coma ti son o futuro deste país. Se podes convencerme de que tes un verdadeiro interese en cambiar as cousas, contactarei persoalmente cos meus amigos das mellores facultades de dereito e farei todo o posible. para entrar. Como che soa todo iso?"

"Isto soa marabilloso, profesor", dixo cun sorriso radiante. "Estou seguro de que quedará impresionado co que teño para ofrecer".

"Non teño ningunha dúbida diso. Agora, se me desculpas, teño unha cita programada nuns cinco minutos".

"Oh, claro. Moitas grazas."

Cynthia ergueuse e estreitou suavemente a man do profesor mentres permanecía sentado detrás da súa mesa.

Cando saíu da oficina, fixo todo o posible por conter a súa emoción.

CAPÍTULO II

Cando Cynthia volveu ao seu pequeno apartamento, foi directamente ao cuarto da súa compañeira de cuarto e viu que a porta estaba aberta de par en par.

Teresa estaba deitada na cama usando o seu portátil para consultar os últimos sitios de fofocas.

"A ver se o adiviñas?" Cynthia preguntou retóricamente. "De feito, vouche dicir directamente. Aceptou escribirme unha carta de recomendación. Podes crer?"

Cynthia entrou no cuarto e sentouse na cama da súa compañeira de cuarto.

"Isto é xenial! Como foi estar só con el? ¿Foi incómodo? Ese tipo é duro como o cu".

"Definitivamente foi intimidante, pódoche dicir".

"E aceptou escribirche unha carta?" preguntou Teresa. "Escoitei tantas historias de estudantes intelixentes rexeitados por idiotas coma el".

"Creo que o colleu de bo humor", encolleuse de ombreiros Cynthia. "Pero será un proceso difícil. Quere falar comigo un pouco máis e despois escribirame unha carta o ano que vén".

"O ano que vén? Lin que se te presentas cedo á facultade de Dereito, obténs unha lixeira vantaxe coas admisións".

Cynthia sorriu.

"Seino. Pero ten conexións con algunhas das mellores facultades de dereito. Tamén dixo que estaría disposto a contactar con el persoalmente no meu nome, se podo convencelo de que paga a pena".

"Oh wow! Iso é incrible."

Teresa inclinouse cara adiante e deulle unha forte aperta á súa amiga.

"Grazas."

"Como o vas convencer exactamente? Ese tipo non é fácil de agradar".

Cynthia encolleuse de ombreiros.

"Creo que teño que amosarlle algúns ensaios vellos que escribín. Era un pouco vago sobre todo isto. Pero estou bastante seguro de todo isto. Creo que lle gusta moito. Dixo moitas cousas bonitas. ."

"Ben, se alguén merece beneficiarse das súas conexións, es ti".

"Grazas. Estou mantendo os dedos cruzados. Só espero que non cambie de opinión".

"Ese sería o movemento de pata máis grande do mundo se cambiase de opinión", respondeu Teresa. "Pero nunca se sabe. Pero non hai forma de que poidas cambiar de opinión".

Cynthia sorriu.

"Tes razón. Pero aínda teño que impresionalo. Farei o que faga falta. Confía en min".

"Creo que si".

CAPÍTULO III

Xa era tarde cando Cynthia xa rematara de repasar os seus antigos arquivos.

Ela organizara todos os ensaios mellor valorados que escribira.

Despois adxuntounos a un arquivo.

Tamén puxo o broche final ao seu traballo final para a clase do profesor.

Ela leu o artigo final varias veces para asegurarse de que era perfecto.

Esta foi a súa oportunidade de impresionar ao home que potencialmente tiña as claves do seu futuro.

Adxuntou todo nun correo electrónico e escribiu unha mensaxe ao profesor:

"Ola profesor,

Espero que o faga ben. Moitas grazas por reunirse comigo hoxe. Sei que es unha persoa moi ocupada. Adxunto todos os ensaios que quería ver. Saín A en todos eles.

Tamén adxunto o meu proxecto final da súa clase, que rematei antes de tempo. Espero que todo sexa satisfactorio. Por favor, avísame se necesitas algo máis de min ou se queres volver a reunirte para discutir calquera cousa relacionada coa carta de recomendación. Aprecio moito todo isto.

Todo o mellor,

"Cynthia"

Enviou o correo electrónico, e ela suspirou aliviada.

Levaba varias horas sentada diante do seu ordenador, con moi pouco descanso, para enviarlle á profesora os documentos o máis rápido posible.

Cando quedaba tempo antes da cea, Cynthia comprobou as súas actualizacións de Facebook para ver que había de novo no seu círculo social.

Chegou un correo electrónico entrante.

Foi unha resposta do profesor:

"Vémonos no meu despacho. Luns ás nove da mañá".

Cynthia quedou un pouco perplexa co críptico e breve correo electrónico de resposta do profesor.

Preguntouse se mesmo se molestara en mirar algún dos documentos adxuntos, pola rapidez con que respondera e se pasara as últimas horas traballando tan duro para nada.

Neste momento, recibiu outro correo electrónico.

Foi outra resposta da profesora:

"Imos discutir os termos da carta de recomendación".

Esta era a mensaxe que ela quería.

Ela sorriu para si mesma sabendo que as conexións do profesor coas principais facultades de dereito estaban ao alcance.

Anos de duro traballo por fin deron os seus froitos.

Só lle faltaba facer o que o profesor quería.

SEGUNDA PARTE
ESTUDANTE DECIDE

CAPÍTULO I

luns.

Pola mañá cedo.

Cynthia agardaba fóra do despacho do profesor cun traxe semi-formal.

Ela quería parecer sofisticada ao profesor.

Ela quería demostrar que pagaba a pena.

Chegou exactamente ás nove da mañá.

Sostiña unha pequena bolsa de papel normal e apenas mirou a Cynthia cando se levantou para saudalo.

Déronse a man, despois abriu a porta do despacho e deixouna entrar.

Entón pechou a porta.

A situación era algo incómoda xa que o profesor preparou a súa mesa e acendeu o seu ordenador, mentres, ao parecer, ignoraba ao universitario que estaba diante del na sala.

"Espero que teñas un bo fin de semana", dixo, rompendo a tensión.

O profesor sentou detrás da súa mesa e Cynthia sentouse diante del.

"Pasei un gran fin de semana", respondeu. "Paseino a maior parte clasificando papeis. Pero tamén tiven tempo para outras actividades. E ti?"

"Principalmente traballo escolar. Estiven estudando moito para exames e redactando traballos para outras clases".

El asentiu.

"Como debería ser".

—Falando diso, liches os documentos que che mandei?

"Non, eu non", respondeu sen rodeos.

"Oh, pensei que os necesitaba..."

"Non vou miralos, Cynthia. Non me interesa ler os teus ensaios para outras clases. Non teño tempo para iso".

"Iso significa que me darás a recomendación sen ter que lelas?" preguntou ela con cautela.

"Non contestou. "Aínda tes que gañalo".

"Que teño que facer entón?"

Mirou para ela cunha mirada aguda.

"Es unha persoa discreta, Cynthia?"

"Qué significa?"

"Es capaz de gardar un segredo?"

"Sempre fun unha persoa de confianza. Por que?"

"Estou moi interesado en ti", dixo. "Estou intrigado por ti. Pero terás que prometerme que todo o que discutamos seguirá sendo confidencial. Podes facelo? Se todo funciona, prométoo, farei todo o posible para levarte a calquera escola. queres. E eu sempre cumpre as miñas promesas".

Cynthia respiro profundamente e intentou manter a compostura.

Non estaba segura de onde ía a conversación, pero gustoulle o resultado.

Ela quería a súa axuda.

"Prometo. Todo o que discutamos será un segredo".

El asentiu lentamente.

"Estou feliz de escoitar iso".

"Podo preguntar de que se trata isto? Aínda non entendo o que queres de min".

"Tomaches tres dos meus cursos, non?"

"Así é".

"Sempre me intrigaches", dixo. "Desde o día que nos coñecemos, atopei que eras unha persoa interesante. E sempre me gustou ler os teus ensaios. De feito, para ser honesto, ás veces sigo lendo os teus ensaios. Os teus pensamentos sobre os dereitos das mulleres e as liberdades sexuais das mulleres son bastante profundo".

"Grazas meu Señor".

"Teño unha tarefa para ti", dixo. "Está completamente fóra da axenda. Ninguén o saberá nunca. Obviamente, é opcional. Pero se o fas, darei unha A automática na miña clase e axudarei a entrar nunha facultade de dereito de primeiro nivel".

Cynthia asentiu vacilante.

"Ben."

"É un traballo de lectura. Quero que leas o material que che asigno. E mañá, quero que esteas aquí de novo ás nove da mañá preparado para discutilo".

O profesor colleu a bolsa de papel marrón e púxoa na súa mesa diante de Cynthia.

"De que trata o traballo de lectura?" preguntou ela perplexa.

"Todo o que hai nesta bolsa é para ti. Considérao un agasallo. Non o abras ata altas horas da noite. E quero que leas a historia marcada antes de durmir. Quero a túa visión pola túa interesante perspectiva sobre o problemas das mulleres. Podes facer isto por min?"

"Pode".

"Ben", asentiu. "Agora, se me desculpas, teño un día moi ocupado. Estou seguro de que hoxe tamén estás ocupado ".

"Grazas profesor".

Cynthia ergueuse e estreitou a man do profesor.

Despois colleu a bolsa marrón e saíu da oficina.

Non se molestou en mirar dentro da bolsa.

Tiña demasiado medo de mirar.

CAPÍTULO II

Esa noite Cynthia quedou na cama coas luces aínda acesas.

Acababa de rematar a súa rigorosa rutina de estudo nocturno.

Doenlle os ollos.

E estaba esgotada mentalmente.

Mirou a mesa xunto á súa cama e viu a bolsa marrón.

Case o esquecera.

Así que a noite aínda non rematou.

Sentou na cama e colleu a bolsa.

Cando Cynthia abriu a bolsa, quedou impresionada polo que viu.

Había un consolador rosa de tamaño moderado, que tiña a forma do pene dun home.

Colleuno e mirouno, preguntándose se foi un erro.

Quizais o profesor me deu a bolsa equivocada?

Por que ten isto?

Pero concluíu que non había ningún erro.

O profesor era demasiado preciso e intelixente para cometer este tipo de erros, pensou.

Ela puxo o consolador na súa cama e meteu a man no fondo da bolsa.

O único que había tamén era un libro moi grande.

Estaba vello e desgastado.

Ela mirou a portada.

Era un libro recompilatorio de varias historias BDSM.

Mirou o índice para ver que todas as historias eran sobre sexo.

E non calquera tipo de sexo, senón historias de dominación e submisión.

"Isto é acoso sexual!" Pensamento.

Cynthia pechou o libro e púxoo na mesa próxima.

Estaba enfadado, conmocionado e triste.

Ela non sabía como sentirse.

Logo lembrou o comentario da profesora, que a lectura era optativa.

Ela pensou que tiña que facer o que lle pedía.

Pero entón ela tampouco conseguiría nada.

Despois de pensar uns momentos, deuse conta de que non había danos.

Era só un libro.

Só tiña que ler o que tería marcado e comentalo co profesor.

Despois conseguiría a axuda da mestra.

O consolador iría ao lixo máis tarde, onde lle correspondía.

Despois de respirar fondo, colleu o libro e apoiouse na almofada para poñerse cómoda. Había un marcapáxinas no medio do libro. Abriuno para atopar o conto que lle encargara o profesor.

Ela comezou a ler.

~~~

Resumo da historia:

Erika foi unha muller independente, artista e activista feminista polos dereitos das mulleres.

Dirixiu unha exitosa galería de arte no centro da cidade.

Achégase un home chamado Robert, que se ofrece a venderlle algúns dos seus propios traballos.

El móstralle fotos, e ela está moi impresionada coas pinturas que apareceron nas súas fotos.

Pero cando visita o seu pequeno estudo descobre que a maior parte do seu traballo está relacionado co BDSM e que non aparece nas súas fotos.

Na parede había imaxes de mulleres atadas e encantadas.
~~~

Erika dille educadamente a Robert que non está de acordo co contido dos seus cadros, e despois rexeita a súa oferta de comprar unha obra de arte.

Días despois, Robert segue solicitando unha relación comercial con ela.

Envíalle por correo electrónico máis fotos das súas, que esta vez mostraban ás mulleres atadas e amordazadas.

Despois houbo fotos de mulleres en varios estados de intenso orgasmo.

Erika sentiuse en conflito coas imaxes.

Ela pensou que eran lascivos, pero de bo gusto.

Definitivamente foron estimulantes para ela dalgún xeito.

Estaba intrigada.

Ela aceptou reunirse con el de novo para discutir un posible acordo.

No seu pequeno estudo, Robert convenceuna de que o BDSM non era tan malo.

Convenceuna de que era algo fermoso e de que as mulleres recibían moito pracer.

Erika mostrouse escéptica, pero aceptou experimentar unha lixeira escravitude a petición de Robert.

Iso abriulle a porta para ter a Erika como o seu novo fetiche BDSM.

~~~

Despois de ler a historia, Cynthia atopouse lixeiramente emocionada.

Co estrés dos próximos exames finais, o sexo era o último que pensaba, pero a historia cambiou isto.

Estaba mollada entre as pernas.

Quedei fascinado polos personaxes.

Ela quedou fascinada coa idea de que o personaxe feminino da historia fose atado e usado sexualmente.

De súpeto o consolador de bolsa marrón xa non parecía tan mala idea...
~~~

CAPÍTULO III

O día seguinte.

Cynthia estaba sentada diante da mesa da profesora.

Só mirou para ela sen dicir unha palabra.

Tomou outro grolo do seu café.

Canto máis tempo se prolongaba o silencio, máis incómoda se facía o seu reencontro.

"Quero saber como che fixo sentir", dixo, rompendo o silencio. "Quero saber como funcionou a túa mente en cada detalle. Estás ben con iso?"

"Eu son."

"Liches o conto que che asignei?"

"Fíxeno. Pensei que estaba ben escrito".

"Que máis pensaches sobre iso?" preguntou. "Que che pareceu a evolución do personaxe principal?"

Cynthia fixo unha pausa un momento.

"Creo que a evolución do personaxe principal é común para moitas persoas. Fixen moitas investigacións sobre a sexualidade ao longo dos anos. A xente está descubrindo constantemente os seus fetiches ao longo da súa vida. Non hai absolutamente nada de malo na exploración sexual "Forma parte de sendo humano".

"¿Cres que esa historia era realista? Cres que algo así lle podería pasar a unha feminista devota?"

"Por que non?" Ela respondeu . "O personaxe desa historia é humano como todos os demais. O feito de que sexa feminista probablemente alimentou o tabú de ser sumiso a un home dominante. Só porque alguén sexa feminista non significa que non poida gozar dunha vida sexual satisfactoria. .".

El sorriu.

"Es unha rapaza moi intelixente. Gústame escoitar a túa visión".

"Isto significa que me gañei a túa recomendación?"

"Aínda non. Quero saber se usaches o xoguete que che dei. Utilizábao contigo mesmo mentres estabas a ler a historia? Ou usaches despois?"

Unha mirada abraiada apareceu no seu rostro.

"Qué significa?"

"Usaches o consolador contigo mesmo?"

"Eu... non vexo como é cousa túa".

"O que dis será confidencial. Xubilarme a finais de ano, lembras? Dentro dunhas semanas máis non me volverás ver".

Ela pensou un momento.

"Usei o consolador sobre min mesmo despois de ler a historia".

"En que estabas pensando?"

"Sobre o personaxe principal ao final da historia. Xa sabes, estar atado".

"Sempre tiveches un fetiche de escravitude?" preguntou .

"Non creo que isto sexa apropiado. Xa fixen todo o que me pediches".

"Aínda temos moito tempo", respondeu. "Es unha rapaza moi especial. Traballas duro e estás moi decidido. Aprecio esas calidades e quero que experimentes as alegrías da vida. Non intento enganarte. Deberías confiar en min niso".

"Que queres de min?"

"Agora mesmo, estou a darche outra tarefa".

"Será o último?"

"Quizais", respondeu. "Agora mesmo, tes unha A na miña clase. Iso é todo. Se me escoitas, usarei as miñas conexións no teu nome".

"Ben", asentiu ela.

"Le a sétima historia dese libro. Despois quero que te masturbes co consolador. Mañá volverémonos ver. Falaremos da historia. E quero que me contedes todo sobre o teu orgasmo. Podes facelo? "

"Si".

"Ben. E non nos reuniremos no meu despacho. Enviareiche o lugar da reunión mañá pola mañá. Entendes?"

"Prometes usar as túas conexións para min?"

"Prometo".

"Entón é un trato".

TERCEIRA PARTE
PARTE INFERIOR VERBELLA

29

CAPÍTULO I

Máis tarde esa mesma noite.

Cynthia e Teresa lavaron a louza xuntas despois da cea.

Tamén cociñaran xuntos.

Despois de secar e colocar a louza no estante, Teresa deixou a toalla e apoiouse no mostrador.

"Esta é a peor semana final da miña vida", xemeu Teresa. "Por que tiven que especializarme en bioloxía?"

"Porque queres facer cousas boas coa túa vida. Pará a pena".

"Entón pensas?"

"Espero que si", Cynthia encolleuse de ombreiros.

"Ben, iso é tranquilizador."

Cynthia tamén se apoiou no mostrador da cociña e mirou para a súa mellor amiga.

"Non podo crer ata onde chegamos", dixo. "Adoitabamos falar de adultos cando eramos novos. Agora míranos. Estamos a piques de ter grandes carreiras".

Teresa sorriu.

"Un semestre máis e despois xa non seremos compañeiros de piso. Dáme ganas de chorar pensando niso".

"Estaremos ben. É para o mellor".

Teresa asentiu coa cabeza.

"Tes razón. Tal e como van as cousas, vas á mellor facultade de dereito do país".

"Aínda non se fixo ese acordo".

"De todos os xeitos, que lle pasa a ese tipo? Por que non escribe o maldito e acaba con iso como un profesor normal?"

"Só quere ser exhaustivo, iso é todo", respondeu Cynthia. "Creo que remataremos despois doutra rolda de preguntas sobre o meu historial académico e os meus obxectivos futuros. E ese tipo de cousas".

"Se non o soubese mellor, diría que ese tipo está interesado en ter algo contigo", respondeu Teresa cun mal xogo de palabras.

"Que che fai dicir iso?"

"A forma en que te chama na clase. A forma en que te mira. É algo obvio, ben, para min de todos os xeitos".

"Trata a todos igual na clase. Ademais, está casado".

"É estraño que pase tanto tempo contigo ultimamente", sinalou Teresa. "¿Estás namorado del por casualidade?"

"Non!" Cynthia respondeu con diversión e horror. "Como podes dicir algo así?"

Teresa fixo unha cara divertida.

"Deus. Só me preguntaba. Xesús. Non sexas tan á defensiva".

"De todos os xeitos, hai moito tempo para bromear sobre todo isto despois. Agora mesmo, teño que estudar. Non es a única persoa con exames brutais".

"Entón é mellor que imos aos libros".

"Así é".

CAPÍTULO II

Despois de pechar a porta, Cynthia deitouse comodamente na cama, apoiada na almofada.

Era o seu posto favorito para estudar.

Axiña repasou os libros e as notas das súas clases.

Ela xa estaba preparada e todo foi antes do previsto.

Pechou o material e descansou brevemente os ollos.

Os deberes da mestra aínda estaban pendentes.

Preguntouse brevemente se Teresa tiña razón de que estaba a desenvolver un pequeno namorado por el.

O poder que tiña sobre ela era un gran tabú.

Cynthia deixou a un lado as súas cousas da escola e colleu o gran libro de BDSM. Volveu á súa cómoda posición na cama e abriu o libro á historia sete.

Comezou a ler.

~~~

Resumo da historia:

Samantha era unha exitosa muller de negocios.

Ela tiña unha gran oficina nunha oficina corporativa.

Estaba afeito a dar ordes a homes fortes.

A empresa na que traballaba fora adquirida por outra empresa.

De súpeto, tivo un novo xefe masculino.

O novo xefe de Samantha era moi diferente de calquera con quen traballara no pasado.

O novo xefe non se deixou intimidar pola súa beleza.

Irradiaba confianza e o atractivo sexual de Samantha non lle funcionou.

Inmediatamente estableceuse como responsable.
~~~

Estableceuse como o seu superior.

Ao final da historia, tiña visitas semanais del á súa oficina privada para facerlle saber que era sumisa.

Samantha atopouse atada e azoutada na súa propia mesa.

Utilizou o burato que máis lle conviña.

Ás veces fodíalle a boca, outras fodíana analmente.

Este foi o seu novo papel na empresa.

~~~

Cynthia pechou o libro e estendeu os brazos e as pernas na cama.

Houbo unha sensación de formigueo entre as súas coxas.

No fondo, fíxoa sentir culpable ao ser encendida por unha historia na que un home degradaba sexualmente a unha muller forte.

Pero de todos os xeitos estaba emocionada.

A tarefa da mestra estaba clara: quería que usase o consolador.

Meteu a man no seu caixón para coller o xoguete sexual.

Despois quitou a roupa de abaixo por completo.

Deitouse na cama coas pernas abertas e comezou a acariciarlle o coño cos dedos.

Cando estaba o suficientemente excitada e mollada, introduciu o xoguete sexual dentro.

O xoguete entraba e saía do seu coño.

Mantivo os ollos pechados.

Imaxinou pensamentos lascivos da personaxe feminina do libro sendo fodida oralmente mentres estaba atada á súa mesa.

Ela intentou manter a súa masturbación tranquila para que Teresa non a escoitase.

A súa mente estaba ocupada, e tamén os seus dedos guiaban o xoguete sexual.

Ao pouco tempo, os dedos dos pés encresáronse e as costas arqueáronse lixeiramente.

Pechou a boca para non facer ruídos fortes de xemidos.
~~~

Ela veu.

Entón o seu corpo relaxouse e deitouse na cama cunha sensación de felicidade.

Fora unha fantasía moi sucia.

Se o descubrira antes...

CAPÍTULO III

O día seguinte.

Eran as oito da mañá.

Cynthia seguira as instrucións que a profesora lle enviara por correo electrónico.

Levaba un bonito botón arriba cunha saia tipo lapis de oficina.

En lugar de reunirse no seu despacho, reuníronse fóra dunha aula baleira, que abriu coa chave.

Levaba unha bolsa de papel.

Despois de que entraron na aula, pechou a porta.

"Toma asento", dixo, prendendo as luces.

"Hoxe estou un pouco nerviosa", dixo Cynthia case xogando mentres atravesaba o cuarto baleiro.

"Porque?"

"Todo o que estivemos facendo. Esta aula".

"Non esteas nervioso", respondeu. "Non necesitas estar".

"Espero que non."

Cynthia sentouse na primeira fila da aula grande.

"Boa elección", sorriu. "As boas mozas sempre sentan na primeira fila. Gústanme as boas".

"Xa fixeches isto antes?"

"Feito que?"

"Isto", respondeu ela. "Fixeches que outros estudantes fixeran cousas sexuais por ti a cambio da túa carta de recomendación ou dunha boa nota?"

"Teño unha prestixiosa carreira académica, Cynthia. Non arriscaría a miña reputación pedindo favores a estudantes aleatorios".

"Entón, por que facerme isto?"

"Porque es especial", dixo sen rodeos. "Intrigáchesme dende a primeira vez que te vin. Intrigáchesme cada vez que falas na clase e cada vez que leo o teu traballo. Es unha persoa especial. E es a alumna máis fermosa que tiven".

"Palabras halagadoras, pero como sabes que non vou presentar unha denuncia contra ti por acoso sexual? Xa o fixen antes con outros homes".

"Non o farás. Estás demasiado decidido a rematar isto agora. Teño algo que queres desesperadamente. Entón, deberíamos comezar agora? Canto antes empecemos, máis cedo remataremos".

Ela asentiu lentamente.

"Adiante".

"Liches a historia onte á noite?"

"Fíxeno."

"Que opinas diso?"

Ela pensou un momento.

"Pensei que era emocionante. Nunca antes lera ese tipo de cousas. Sempre sentín que o sexo debería ser igual entre homes e mulleres. Todo debería ser igual. E, obviamente, as miñas tendencias políticas están no lado feminista. Pero foi moi emocionante lelo. Encantoume".

"Supoño que te masturbas de novo co consolador".

"Fixen."

"En que pensaches concretamente ao facelo?" preguntou.

"O personaxe feminino está atado á súa mesa. Está a ser usada. Ese tipo de cousas. Esa foi a parte máis erótica da historia".

O profesor fixo un aceno cara á súa bolsa marrón.

"Pensei que che gustaría esa escena. Por sorte vin preparado. E por sorte estamos nunha aula baleira cunha mesa grande. Gustaríache experimentar con algo novo?"

"Non creo que..."

"A porta está pechada Cynthia. Ninguén o saberá nunca. E nunca o contarei. Teño moito que perder. Xubilome a finais de ano e nunca máis terás que verme. Tamén che podo axudar. con bolsas e outras formas de facer que a túa educación sexa máis accesible. Podemos axudarnos mutuamente".

El loitou emocionalmente por un momento.

"Non o sei. Non son ese tipo de persoa".

"Eu farei todo o traballo. Non tes que facer nada. Non te vou penetrar por vía oral nin vaxinal. Só quero explorar".

"E se quero parar?" preguntou ela.

"Entón pararemos".

"OK".

"Ven á fronte da clase. Déitate co estómago sobre a mesa do profesorado".

Cynthia ergueuse e camiñou cara á mesa principal.

Ela fixo todo o posible por poñer unha cara valente.

Era unha liña que nunca pensou que cruzaría cun home, pero foi así.

Ela estaba preparada para deixar que o seu corpo fose usado por un profesor moito maior, todo polo ben de continuar a súa educación.

Ela xurou a si mesma que ninguén o sabería nunca.

Apoiou o estómago e o peito sobre a mesa, de cara á aula baleira.

Ela pechou os ollos, case en estado de vergoña.

Escoitou o profesor que camiñaba detrás dela.

Entón ela sentiu que as mans deslizaban suavemente para arriba da súa saia de lapis da oficina levantándoa.

"Reláxate", dixo. "Serei amable contigo. Estás a salvo comigo".

A profesora baixou suavemente as bragas, e ela levantou cada pé para que el puidese quitalas.

Sentíase vulnerable e exposta co vestido levantado e sen bragas.

Escoitou abrirse a bolsa de papel.

Ela continuou pechando os ollos.

Tiña demasiado medo de mirar.

Entón sentiu que se lle ataban os nocellos cunha corda branda.

Ela non se resistiu e non se opuxo.

Ocorreu moi rápido.

Antes de pensar dúas veces, os seus nocellos estaban atados ao extremo das patas da mesa.

O profesor moveuse arredor da mesa e repetiu o proceso cos pulsos.

Nun proceso igualmente rápido, os pulsos de Cynthia foron atados ao final da táboa.

Estaba completamente suxeita e atada.

"Por favor, relaxa", dixo. "As cousas serán máis fáciles así".

A profesora golpeou suavemente o traseiro espido de Cynthia.

Foi un choque e unha sorpresa para ela.

Fixo que os seus ollos se agrandasen.

Aínda cando era pequena nunca lle pegaran.

Foi unha nova sensación.

Antes de que puidese procesar emocionalmente a situación, veu outra azotada.

Despois outra.

Os suaves azotes eran cada vez máis duros.

As azotes comezaron a resonar na gran aula universitaria.

"Como te sentes?" preguntoulle de xeito paternal. "Es capaz de manexar isto?"

"Pica un pouco".

"Pronto rematará. Canto antes te corras, máis cedo remataremos".

Os seus ollos permaneceron ben abertos.

Canto tempo antes de correr?

El pretendía facerlle un orgasmo, e ela non se resistiu.

Ela non defendeu.

Ela non lle dixo que se foda.

Os seus valores feministas foron erosionando, e no fondo, gustáballe.

Escoitou o son do profesor que volvía á súa bolsa marrón.

Estaba nervioso e non sabía que esperar.

Cando deixou caer a bolsa, ela descubriu o que estaba a buscar.

Houbo outra labazada na súa parte traseira exposta.

Non foi coa man.

Agora tiña unha pequena pa de goma.

A pa doía máis que a súa man.

Tiven unha sensación de picadura.

El continuou golpeándolle o traseiro espido.

Comezou a doer máis.

O seu traseiro volveuse dun ton vermello brillante.

Mordeuse o beizo inferior e intentou non chorar coma unha nena parva.

Non quería parecer débil diante do seu mestre dominante e forte.

A dor medrou.

O profesor seguiu golpeando máis forte e máis rápido.

Ela quería chorar.

De súpeto, parou.

Ela escoitou como poñía a paleta sobre a mesa, e despois el axeonllouse para acariñar suavemente o seu ardiente fondo.

Fregouno dun xeito suave.

Deulle bicos suaves.

Entón el alcanzou a man e xogou co seu clítoris inchado.

"Oh..." xemeu ela.

Ela puido evitar facer ruídos durante as azotes, pero non pola estimulación directa do seu clítoris inchado.

A profesora fregou o clítoris nun rápido movemento circular con dous dedos.

Coa outra man, continuou acariciando o seu adolorido fondo.

El continuou a bicarlle suavemente o cu coma se a adorase.

Mesmo lle deu unhas lambetadas.

"Creo que me vou correr", admitiu ela con vergoña.

"Vume para min, querida. Sé o meu pequeno gatiño sexual e ten un orgasmo marabilloso".

Presionou a cara contra o seu adolorido fondo e continuou fregando furiosamente o seu clítoris.

Os ollos de Cynthia voltaron cara atrás.

Tiña a boca aberta.

Tenseu o corpo.

Os músculos das costas e das pernas contraíanse, pero non había forma de moverse xa que os seus membros estaban atados á mesa.

Os xemidos suaves escaparon da súa boca.

Pronto, un pequeno río de fluídos claros brotou do seu coño quente.

O profesor non detivo os seus movementos cos seus dedos ata que todo estaba fóra.

Despois deulle outro bico no cu.

O profesor ergueuse e bicou a Cynthia nun lado da súa cara.

Tamén lle bicou o cabelo algunhas veces.

Cando o profesor desatou a Cynthia, sentouse no chan en posición fetal.

O seu corpo sentíase como marmelada.

As súas forzas desapareceron.

O profesor sentouse no chan xunto a ela.

"Es marabilloso", dixo. "Realmente marabilloso."

"É iso o que querías?" ela respondeu cunha respiración profunda.

"Foi máis do que quería. Es realmente incrible".

"Isto significa que rematamos?" Ela preguntou, sen saber se quería que acabase ou non.

"Non. Non estamos nin preto de rematar. Polo de agora, obtiveches unha A+ na miña clase. Pero aínda non conseguiches as miñas conexións. Se continúas, farei todo o posible para conseguirte. na facultade de dereito que elixas. E axudarei a conseguir bolsas para pagar todo".

"Iso teño que facer?"

"Agora, quero que sigas estudando para os teus outros exames. Es un estudante tipo A. Deberías actuar así".

"E entón?" preguntou ela. "Que pasará despois de que se presente aos exames?"

"¿Estás pensando en ir a algún lugar? Vives preto da casa da túa familia? Ou estás aloxado nun dormitorio comunitario?"

"Comparto piso co meu compañeiro de piso. Os dous imos a casa despois da semana final. Temos voos programados. Por que?"

O profesor pasou a man polo pelo.

"Cancela o teu voo. Reprográmolo para uns días despois".

"Pero a miña familia? Espéranme a casa pronto".

"Só necesitarei uns días. Dilles que estás rematando un proxecto importante para a escola. Eles entenderán".

"Que imos facer?" preguntou ela.

"Cando o teu compañeiro de piso marche, quero visitar o teu piso. Quero ver como vives. Quero levar o meu tempo contigo. Quero que esteamos sós xuntos. Teño curiosidade por ti a nivel persoal. Como Xa mencionei antes, estou moi interesado en ti". . Fascíname ".

"E... sexualmente... Cales son os teus plans para min?"

El sorriu.

"Imos descubrir iso".

"Non vas foder comigo. Teño noivo e aí é onde trazo a liña".

"Que podes facer por min entón?"

Ela pensou un momento.

"Podes pegarme de novo".

"Vas a chuparme a polla?"

Ela asentiu vacilante.

"Vale. Pero iso sería".

"Máis vale que nos poñamos en marcha. Non esquezas as túas bragas. Están enriba da mesa. E non te esquezas dos nosos plans. Prometo que todo pagará a pena".

Con iso, o profesor ergueuse e volveu poñer as cordas e a paleta na bolsa marrón.

Despois marchou, deixándoa soa no salón.

Cynthia continuou sentada na posición fetal mentres reunía os seus pensamentos.

A sensación orgásmica aínda fluía polo seu corpo.

Aínda non podía dicir se lle encantaba a experiencia da escravitude ou se a odiaba.

Pero o pequeno charco de líquidos que deixou atrás deulle a resposta.

CUARTA PARTE
MÁIS ALÁ DO ACORDADO

43

Unha semana despois.

Cynthia mirou pola fiestra do seu apartamento para contemplar a vista que se desdobraba fóra da súa casa.

Estaba só.

Teresa xa marchara despois de rematar todos os seus exames finais.

Cynthia tamén debería ter marchado.

Xa debería estar na casa coa súa familia.

Pola contra, estaba esperando polo profesor.

Xa lle dera o enderezo.

Ela agardou nun estado meditativo a que viñese.

Levaba un bonito vestido azul.

Era elegante e casual.

Estaba descalza e non levaba nada debaixo do vestido.

Todo o que fixera co profesor estaba en contra da súa natureza.

Estaba en contra dos fortes valores cos que se educara.

E foi en contra dos valores que quería defender como futuro avogado.

Pero a profesora deralle o mellor orgasmo da súa vida.

Pensaba nese orgasmo todos os días.

Masturbábase pensando na mestra todas as noites.

Preguntouse que tiña planeado.

Soou o timbre da porta da rúa e ela deixou entrar ao profesor no edificio.

Ela abriu a porta do apartamento e esperou por el.

Cando saíu do ascensor ao chan do seu apartamento, ela sorriu para el.

Levaba unha roupa semi-casual e levaba unha bolsa de papel marrón.

Saudáronse e el entrou no seu piso con confianza, coma se vivise alí.

Cynthia pechou a porta e mirou arredor da habitación despois de quitarse os zapatos.

"Hermoso lugar", dixo, mentres seguía inspeccionando a habitación.

"Grazas. Levo case catro anos vivindo aquí co meu compañeiro de piso. Fixémolo o mellor que puidemos".

"Contáchesche isto ao teu compañeiro de cuarto?"

"Non. Por Deus, non. Non llo dixen a ninguén. E nunca o farei".

"Debería seguir así", asentiu. "Estás preciosa con ese vestido. Es como un agasallo á espera de ser aberto".

"Grazas", respondeu el nervioso. "Podo darche algo de beber?"

"Estou ben. Impórtache que nos sentamos a falar?"

"Por suposto."

Os dous sentáronse no sofá da sala.

"Teño un agasallo para ti", dixo.

Meteu a man na bolsa marrón e deulle a Cynthia un sobre.

Abriuno e viu unha carta mecanografiada nun papel que tiña as marcas e títulos oficiais da universidade.

Pasou rapidamente a páxina.

Era unha brillante carta de recomendación do profesor, que dixo que Cynthia era sen dúbida a estudante máis intelixente que coñecera.

Tamén eloxiou brillantemente o seu carácter moral e ética de traballo.

Incluso houbo unha longa declaración sobre a paixón de Cynthia polos dereitos das mulleres.

"Eu... estou sen palabras", conseguiu dicir ela. "Isto é marabilloso. É mellor que calquera cousa que se puidera escribir para min".

"Probablemente non necesitará esa carta. Xa falei cun vello amigo que traballa nunha facultade de dereito de primeiro nivel. A súa solicitude recibirá unha avaliación especial".

"Que escola?"

"Un nivel superior. Estaredes moi contentos alí. Tamén falei coa xente sobre posibles bolsas. Todo estará disposto nestes días".

Ela puxo as mans no seu peito.

"Non tes idea do feliz que me fai isto. Quero dicir, WOW. Isto é máis do que eu podería esperar. Isto realmente vai cambiar a miña vida".

"Nunca fixen tanto por un estudante. Só estou facendo isto por ti".

"Non sei que dicir".

"Non tes que dicir nada", dixo con severidade. "Se queres expresar o teu agradecemento, quítache o vestido".

Foi un momento de reflexión.

O seu despreocupado momento de emoción atopouse coa realidade de que había condicións que cumprir.

Ela respiro profundamente e ergueuse.

Os seus ollos estaban centrados un no outro.

Os seus dedos pincharon a parte inferior do seu vestido azul.

A continuación, levantou o seu vestido sobre a cabeza para revelar as súas pernas delgadas, o coño rapado e os pequenos peitos alegres con pezones rosas.

Ela estaba espida diante del, facendo todo o posible por manter unha cara valente.

Ela intentou non mostrar ningún signo de nerviosismo ou excitación.

Pero os seus dedos lixeiramente tremorosos delataban o seu nerviosismo.

E os seus endurecidos pezones rosados volvéronse completamente ríxidos, mostrando a súa excitación.

"Perfecto", dixo, os seus ollos vagando sobre a súa nuidade dos pés a cabeza. "Es unha visión da perfección".

"Grazas."

"Estou seguro de que te preguntas que hai na bolsa. Pareces nervioso. Non te preocupes, non son un sádico. Son só un home normal cunha fantasía moi común".

Os seus ollos continuaron percorrendo cada centímetro do seu corpo, apreciando a súa beleza.

"Que fantasía é esa?" Ela preguntou con auténtica curiosidade.

Ergueuse e meteu a man na bolsa.

Pensou un momento en dar unha resposta definitiva á pregunta de Cynthia.

"Encántanme mulleres intelixentes e independentes. Alguén coma ti. Atopei literatura sobre a escravitude sexual hai anos e sentínme estrañamente atraída por ela. Sentínme moi culpable por iso, porque sempre fun un gran defensor dos dereitos das mulleres". coma ti. Pero é só unha fantasía sexual, non? Ninguén sae ferido. E todos gozan. Non estás de acordo?"

"Si".

"É unha fantasía moi común. Non hai vergoña en gozala. Non debería haber".

O profesor sacou da bolsa un colar negro.

Parecía erótico, pero intimidante.

Foi feito específicamente para fins sexuais.

"Que é iso?" preguntou ela.

"É un colar para o teu pescozo. Creo que che quedará ben. Di 'puta' nel. É un nome divertido para o noso tempo xuntos".

"Fixeches isto con outras mulleres?"

"Non. Nunca tiven a coraxe. Nunca fun moi valente".

"Tes o meu agora".

El sorriu.

"Tes razón. Teño. Agora relaxa mentres che poño o colar".

A profe puxo a bolsa no sofá e cepillou o pelo de Cynthia.

Envolveu o colar no pescozo e comezou a apertalo.

Tivo coidado de non deixalo demasiado apretado.

Non quería que o abrumase ou o asfixiase.

Só quería facelo sentir un pouco incómodo, e fíxoo.

Cando retrocedeu, Cynthia estaba espida excepto polo colar coa palabra PUTA colocada na parte dianteira da súa gorxa.

"Mírate no espello", dixo.

Cynthia foi cara ao espello da sala de estar, que estaba xusto ao lado da porta de entrada.

Ela mirou o seu corpo espido.

Mirou o colar do pescozo que a etiquetaba de puta.

Era en contra de todos os principios que defendera.

Ela sentía vergoña de si mesma.

Pero ao mesmo tempo sentíase moi emocionada.

Ninguén pode saber nada disto.

Nunca.

"Que pensas?" Preguntou, de pé detrás dela cunha corda nas mans.

"É unha visión provocadora".

"É. Agora xunta as mans. Vou atarte".

Cynthia uniu as mans e o profesor atoulle os pulsos cunha suave corda negra mentres el aínda estaba detrás dela.

Non tardou moito.

En poucos momentos, as súas mans uníronse.

"Agora que?" Ela preguntoulle.

Volveu casualmente mentres a miraba.

Quedou no centro da habitación e mirouna directamente aos ollos.

"Agora quero que me chupes a polla. Seguro que é moi bo niso. Quero que sexas un gatiño sexual obediente e que me mostres o ben que podes chupar".

Cynthia camiñou cara a el coas mans atadas.

Era moito máis alto ca ela.

Despois dun breve contacto visual, ela axeonllouse e comezou a desabotoarlle os pantalóns coas mans atadas.

Ela baixoulle os pantalóns ata os nocellos para revelar un pene semierecto.

Ela mirouno un momento.

Era un pouco máis grande que o do seu mozo.

Sostivoo na man e acariñouno brevemente antes de pararse a pensar.

Ela dubidou.

"Quero que saibas que normalmente non fago isto", dixo tras reflexionar. "Só fixen este tipo de cousas nas relacións. Sempre fun en contra das mulleres que usan o seu corpo ou a súa sexualidade para conseguir o que queren".

"Por iso quero o meu pau na túa boca".

O comentario ofendiuna un pouco.

Pero aínda así lle provocou un formigueo entre as pernas.

Ela inclinouse para chuparlle o pau.

Sempre lle gustara chupar as pollas de todos os seus noivos.

Era algo que lle gustaba desde a primeira vez que o fixera.

Converteuse nunha experiencia sexual moi emocionante para ela.

E nunca houbo queixas.

Sempre recibira críticas favorables polas súas habilidades para o sexo oral.

Cos beizos envoltos ao redor do galo, ela meneou a cabeza mentres chupaba.

Os seus pulsos atados limitaban o movemento da súa man.

A súa lingua xirou arredor da cabeza e do galo.

Mirou cara á profesora que estaba enriba dela mentres continuaba chupando.

Fixeron contacto visual, algo emocionante e parcialmente humillante.

Ela mirou para outro lado mentres comezou a levar o seu pene máis profundamente na súa boca.

Entón ela chupou cada unha das súas bolas.

"Es xenial nisto", xemeu. "Sabía que o serías. Tes os beizos perfectos para isto".

"Grazas", murmurou, despois de quitarlle brevemente o seu pene da boca.

Ela volveu traballar, coa esperanza de facelo correr o máis rápido posible.

Canto máis esforzo facía para chuparlle o pau, máis excitada estaba no proceso.

Non precisou tocarlle o coño para darse conta de que estaba mollada entre as pernas.

"De momento é suficiente", dixo. "Quero que te inclines sobre a mesa do comedor. No teu estómago. Imos ter relacións sexuais nun momento".

Ela mirouno abraiada.

"O noso trato era unha mamada. Iso é todo".

"As ofertas sempre se poden mellorar".

"Por favor. Acabo de aceptar facerche unha mamada".

"Tócate entre as pernas. O teu corpo sabe o que quere. Se estás seco , eu vou saír e darche todo o que queiras. Se estás mollado, aínda temos traballo por facer".

O profesor foi persistente.

Cynthia sabía que tiña sentido.

O seu corazón queríao.

O seu coño queríao.

Non tiña sentido loitar.

Fagas o que fagas con el, sentirache ben.

Vai facelo correr de novo.

Entón, por que rexeitar?

Levantouse e camiñou cara á mesa do comedor, que estaba a só uns metros.

Ela inclinouse, poñendo as mans, a cara, os peitos e o estómago sobre a mesa.

A mesa onde compartira innumerables comidas coa súa mellor amiga converteuse de súpeto nun lugar de satisfacción sexual.

Ela preguntouse que faría a continuación, pero non tiña idea.

Ela non sabía que esperar.

Escoitou o son da bolsa arrastrando mentres o profesor buscaba.

O profesor atou as mans atadas ás patas da mesa usando máis corda negra.

Os pulsos de Cynthia estaban completamente suxeitos e non había forma de que puidese mover os brazos.

O profesor tamén atou cada un dos seus nocellos ao fondo da mesa.

As pernas de Cynthia estaban abertas e o seu coño e o ano estaban ben abertos.

"Sabes o que é unha lacra?" preguntou.

"Si", respondeu nervioso.

"Vouno usar contigo. Non te preocupes. Non che vou facer dano. Pode doer un pouco. Avísame se é demasiado".

Cynthia apertaba a corda con forza mentres o látego lle golpeaba as nádegas.

O segundo golpe foi máis contundente.

Lembraba moi ben a sensación da última azotada.

Era unha sensación que nunca esquecería.

Pero o azote era moito máis poderoso que a pa.

Cada extremo do azote enviou unha sensación de formigueo a través do seu coño e da columna vertebral.

Cada extremo do flaxelo estimuluna sexualmente.

O azote trasladouse á parte superior das costas.

O clic foi forte xunto á súa orella.

Picou.

Comezaba a xemir cada vez que era golpeada.

A dor fíxose cada vez máis aguda.

Pero tamén o facía o pracer.

Converteuse nunha combinación poderosa e perfecta.

Golpeoulle con forza nas costas e o seu coño mollause.

Ela xemou forte a cada golpe.

Cando as súas costas volvéronse vermellas, dirixiu a atención do seu látego cara abaixo, golpeando a parte traseira das súas coxas.

A zona era tan sensible que case a fixo berrar.

Cynthia agarrou máis a corda coa esperanza de aliviar a dor.

O azote trasladouse a cada unha das nádegas de Cynthia.

Era o lugar que máis pracer lle daba.

Cada extremo do látego golpeoulle con forza e fíxoa máis cachonda.

O azote detívose por un momento misericordioso e o profesor introduciu dous dedos no seu coño.

"Meu Deus", dixo. "Es como unha billa. Pobre".

"Eu... necesito correrme".

El sorriu.

"Dentro duns momentos, querida. Necesitamos rematar primeiro os nosos xogos previos".

O profesor volveu á súa posición de azoutado e azoutou suavemente a Cynthia xusto entre as nádegas.

Ela xemeu mentres os extremos da azote golpeaban directamente a pel ultrasensible do seu coño e ano.

Deixouna axustarse á dor por un momento antes de lanzar outro golpe na súa dirección.

El continuou azotando o seu coño e o ano.

Baixou a palmada e usou a man aberta para golpear a súa sensible zona sexual.

A batida foi suave ao principio.

Pero entón aumentou a forza para cada golpe.

Mesmo se asegurou de darlle azotes ao seu clítoris inchado, o que a fixo xemir coma unha puta.

A súa man quedou húmida cos fluídos do coño de Cynthia despois de cada azote.

"Creo que estás listo. Queres correr agora?"

"Si", xemeu ela.

"Foches unha boa rapaza. Así que é xusto que te faga facer".

Volveu a meter a man na bolsa.

Cynthia non podía ver o que buscaba o profesor.

O único que escoitei foi o ruído da bolsa.

Entón sentiu os seus dedos estender os seus beizos mentres introducía un obxecto.

Era un xoguete sexual.

Lisa e perfectamente formada.

Esvarou facilmente no seu coño debido ao seu pequeno tamaño, o que a decepcionou un pouco.

Ela necesitaba algo máis grande.

O obxecto sexual retirouse do seu coño, o que a decepcionou de novo.

Cando o obxecto presionaba contra o anel exterior do seu ano, ela decatouse do que estaba a suceder.

A profesora só inseriu o obxecto no seu coño para lubricalo.

O obxecto sexual estaba destinado ao seu traseiro.

Ela preparouse mentres o pequeno xoguete sexual foi empuxado lentamente no seu ano.

Penetrou no anel axustado e entrou no seu recto.

O profesor tomou o seu tempo e fixo as cousas lentamente, sen querer facerlle dano.

E gozaba das sensacións de sentirse estirada.

Pronto, esqueceu a dor que sentía polo azote.

A leve dor do xoguete sexual no seu cu era moito máis poderosa e emocionante.

Unha vez que o pequeno xoguete sexual estaba no seu traseiro, a profesora deixouno alí como estimulación.

Entón, o son dun paquete que se abría fixo eco na sala silenciosa.

"Que estás facendo?" preguntou Cynthia coa cara aínda baixa.

"Estou poñendo un preservativo. Vou foder o teu coño porque es unha puta".

Esas palabras enviaron un formigueo pola súa columna vertebral e unha emoción no seu coño.

Aínda que tiña os nocellos atados, fixo todo o posible por separar máis as pernas.

Ela quería ser fodida.

Ela quería ser usada como un anaco de carne.

Ela sabía que a profesora non a defraudaría.

El agarrou as súas cadeiras con forza e presionou o seu pau duro contra os seus beizos.

Empuxou suavemente e entrou.

Foi unha entrada fácil xa que estaba espallada e profundamente excitada.

O coño de Cynthia era unha masa de desexo quente.

O profesor saboreou a sensación da coña do seu estudante universitario.

Entón el empuxou todo o camiño, facendo que Cynthia presionase a cara contra a mesa e jadeaba.

O profesor puxo as dúas mans sobre os ombreiros de Cynthia, levantándoa.

Moveu lentamente as cadeiras, fodendo con ela.

Cynthia xemeu cada vez que empurraba o seu pau no seu corpo.

Coas mans atadas apretou con forza mentres tiraba da corda.

O seu delicado coño estaba recibindo un duro carallo e os seus xemidos fixéronse máis altos.

Acariñoulle o cabelo cunha man, asegurándose de que estaba detrás das súas costas.

Entón, abaixouse coa mesma man para acariciar unha das súas pequenas tetas, beliscando o inchado pezón rosa.

"Es a miña puta?" Preguntou con voz depravada.

"Si".

"Dío."

"Eu son a túa puta", xemeu. "Ti puta sucia".

El continuou fodendo con ela aínda máis forte.

El continuou apertando o seu ombreiro cunha man, e flexionando a súa teta coa outra man.

"Non es feminista comigo, non?"

"Non".

"Que es ti?" preguntou.

"Eu son a túa puta", xemeu. "Necesito que me traten así".

Fodiuna aínda máis forte.

O seu sexo quente facía ruídos fortes de golpes desde a súa entrepierna golpeándolle o suave cu cada vez que daba un empuxe.

Os seus xemidos convertéronse en ruídos de respiración erráticos cando comezaba a perder o control dos sentidos do seu corpo.

Ela soltou.

Entregou o seu corpo completamente ao profesor.

Toda ela era súa.

Utilizou as dúas mans para acariciarlle as tetas e beliscarlle os pezones con forza, facéndoa boquear de dor.

Presionounos con máis forza, facéndoa boquear un pouco máis.

"Eu... teño que correrme..." dixo débilmente.

"Dígoo máis alto!"

"Necesito correrme! Por favor!"

El sabía exactamente que facer.

O profesor baixou as mans.

Un para apoiar a cadeira.

A outra tendeu a man para acariñarlle o clítoris.

Cynthia xemeu no momento en que fregou o seu clítoris nun movemento circular.

Nese momento, Cynthia estaba sendo estimulada polo seu coño fodido, o xoguete sexual no seu cu e o dedo xogando co seu clítoris.

Ela berrou forte, sen importarlle que os veciños puidesen escoitala.

Probablemente o fixeron.

Quen estivese escoitando probablemente estaría emocionado.

A ela non lle importaba.

Cynthia berrou e os seus dedos enroscados.

Os seus brazos e pernas tiraron da corda con todas as súas forzas, pero sen resultado.

A súa parte inferior das costas intentou arquearse, pero o agarre era demasiado forte.

O seu rostro torceuse de pracer.

Os seus ollos agrandáronse.

Ela veu.

Poderosamente.

Os fluídos estaban por todas partes.

O seu pequeno coño converteuse nun galo sexual.

O profesor estaba achegándose ao seu orgasmo.

Mesmo cando o corpo de Cynthia quedara flojo e esgotado de enerxía, continuou fodendo o seu coño empapado ata que quedou satisfeito.

Lanzou grandes cantidades de esperma no preservativo que levaba posto.

Gruñou, e entón os seus impulsos detivéronse antes de deitarse nas costas de Cynthia para descansar.

Ambos estaban completamente suados cando acabou o sexo.

El seguía bicando o cabelo da súa cabeza.

"Es unha deusa", rosmou sen alento. "Unha verdadeira deusa. Fixo un home completamente feliz".

Cynthia aínda estaba esgotada e respiraba con forza.

"E a túa muller non o fai?" Ela dixo nun suspiro.

"E o teu mozo?" Dixo igualmente nun suspiro.

Os dous riron.

"Desátame", conseguiu falar suavemente de novo cun alento leve.

A profesora sacou do seu coño a súa flácida polla cuberta de preservativo e comezou a desatala.

Cando estaba libre, Cynthia xacía no chan, nos seus propios fluídos vaxinais.

O profesor sentou ao seu carón, acariñando o seu cabelo suave.

"Vouche dar o que queiras. Farei o posible. Es magnífico".

Ela mirou para el.

"Ti tamén. Eu nunca... nunca vin así antes."

"Temos uns días máis para estar xuntos. Teño a intención de aproveitalos ao máximo. Durante os próximos días, serás o meu gatiño de sexo sucio. Despois poderás ir a casa coa túa familia e o teu mozo e gozar do teu descanso. ."

Ela sorriu.

" Xa estou a gozar do meu descanso".

Con iso, Cynthia apoiou a cabeza no colo do profesor.

Ela quitou o preservativo mollado.

Ela levou o pene flácido na súa boca e succionou o resto do cum.

O profesor xemeu.

DOUTORA MOI COMPRESIVA

"O doutor verao de inmediato, señor; só sente alí, por favor".

Andrew asentiu mentres se achegaba á mesa de exame e sentaba.

Unha dobra de papel de seda encheu a mesa da padiola.

Baixou a manga da camisa mentres a enfermeira pechaba a porta detrás dela, suspirando.

Levara moito convencerse de ir ao médico sobre isto, pero por fin xa tiña farto e estaba farto.

Sen esquecer que estaba frustrado co seu propio corpo.

Pareceu unha eternidade antes de que a porta se abrise de novo, pero cando finalmente entrou a moza, rompendo os pensamentos errantes de Andrew, determinou que pagaba a pena a espera.

"Ola, señor Harrison, lamento a espera. Tiven moitos pacientes que tiven que ver hoxe".

A doutora dirixiuse ao seu pupitre e colleu un maletín, que a enfermeira deixara nel, cos apuntes que tomara despois das preguntas que me fixera sobre o propósito da miña visita.

"Sen dúbida todos eles atoparon algún motivo para vir velo, doutor, sei que seguro que o faría!"

Os seus ollos, un fermoso ton de azul no que sentías que podías nadar, levantáronse do seu portapapeis para atopar os teus.

Un sorriso apareceu tirando dos seus beizos.

Beizos moi, moi ben formados.

"Está tentando dicirme que veu aquí hoxe para perder o meu tempo, señor Harrison?"

El riu.

"Lonxe, por desgraza, doutor Martínez. Témome que teño un problema moi real, aínda que vostede é a primeira persoa á que veño".

Mirou o seu portapapeis.

Mentres estaba sentada na pequena mesa lendo, vin como ela cruzaba as pernas.

Era unha muller latina bastante baixa, pero as súas pernas espidas, baixo a saia da súa bata médica, parecían durar quilómetros.

Andrew atopouse desexando que a saia lapis non rematase xusto por riba dos xeonllos.

"Aquí di que se negou a falar coa enfermeira sobre a natureza exacta da súa visita, señor Harrison, así que... fale comigo rapidamente, por favor, antes de que poida continuar".

Os ombreiros de Andrew caeron un pouco, xa que esperaban entablar esta muller nunha conversa un pouco máis privada antes de que ela interrompese os seus pensamentos co propósito da súa visita.

Pero... supuxo que tiña que asegurarse de que non era só un hipocondríaco que lera demasiado sobre algún tema en Internet.

"Eu... ben, parece que teño algúns... problemas continuos e persistentes no dormitorio".

Ela arqueou unha das súas perfectas cellas escuras, e el non podía negar que iso lle producía un pouco de emoción mentres os seus ollos varrían sobre el con intriga.

"Parece ser un home relativamente novo en... bo, excelente condición física, señor Harrison. Antes de entrar en máis detalles sobre os seus problemas, dígame. Por que escolleu vir aquí? Parece un síntoma novo. Sei que nunca tiven un "Ninguén veu aquí antes con ese problema, entón quen me recomendou?"

Ben, para ser sincero, doutor, normalmente non vou aos médicos. "Realmente non o necesito, e de feito para este problema en particular, eu... Realmente non me sinto moi cómodo acudindo a un médico para falar deste tipo de cousas".

Ela sorriu plenamente, esta vez.

Ela colocou o portapapeis sobre a mesa mentres se volveu para enfrontarse a el directamente, uníndolle as mans ao redor do xeonllo.

"Dúas cousas, señor Harrison. Primeiro, chámame señorita Martínez ou Rosa. Segundo, creo que será mellor que establezamos unha premisa agora: debes ser completamente honesto e directo, vale? Parece que esta é unha situación delicada para vostede. , "Entón creo que é importante que tratemos isto con seriedade e sen prexuízos, xa que imos afondar nalgunhas razóns bastante persoais. Non é así?"

"Absolutamente, Rosa. E chámame Andrés, por favor".

Ela asentiu.

"Está ben, Andrew. Dígame, de que tipo de problemas estás a falar exactamente ? Exaculación precoz? Dificultade para desenvolver unha erección?"

Andrew sentiu que as súas meixelas enchíanse de calor, arrastrouse un pouco sobre a mesa da padiola, deixando o ruído do ruxir do papel, e respondeu:

"Ben, nunca tiven ningún problema antes, nin sequera a primeira vez. Pero... supoño que me custa conseguir e manterme duro. O importante é que hai máis dun ano que non puiden ter un orgasmo. " "

"Deus, un ano enteiro; creo que morrería se me pasase iso. Tes algunha idea de por que comezou a suceder isto? Pasou algún cambio ou cousas malas na túa vida, algunha mala experiencia cun amante "Perda de interese pola túa muller?"

"Oh, eu non tiven ningún problema coa miña muller ou ningunha amante".

Rosa sorriu, pero fíxolle un aceno de ánimo para que continuase cando se paraba a pensar.

"Realmente non se me ocorre nada. Levo varios anos vivindo na mesma situación. Casei hai un tempo, e hai un par de anos que non teño novos amantes".

"¿Dirías que normalmente tes unha vida sexual activa? Ou cambiou algo desde que isto comezou a suceder?"

Andrew encolleuse de ombreiros.

"Certamente, a situación cambiou desde que comezou a suceder. Quero dicir que teño algúns amigos cos que me gusta ter sexo, xa que temos un entendemento mutuo. A miña muller non me toca desde hai tempo, polo que non houbo moito. De cando en vez atópome cunha muller nun bar, que pode parecer que había algo máis que unha amizade, pero ao final ninguén que só... faga desaparecer o problema de non endurecerse, supoño".

"E estas túas amigas, as mozas coas que tes relación saben que tes outras amigas? Que tes muller? ¿Están ben con iso? Ou gardas iso en segredo?"

Andrew meneou a cabeza.

Rosa inclinouse para adiante mentres falaba, e el notou que a súa parte superior, aínda que non era curta, parecía ter grandes ocos entre os botóns.

O estetoscopio que tiña colocado ao redor do pescozo quedou atrapado nun deles, e parecía ofrecer unha pequena visión de algo roxo debaixo mentres cambiaba de postura e tiraba do tecido.

"Se estou nunha relación consensuada, non teño que mentirlles. Non oculto nada se mo preguntan. Asegúrome de que quede claro que as outras rapazas tamén son amigas miñas, e que eu son casado se lles interesa.E tamén resulta que hai amigos que teño que dicir que lle gusta moito o sexo.Porén, se alguén quixese avanzar cara á exclusividade, claro que eu falaría con ela para que non seguir facéndoo. Ou se cortaría a relación. As reaccións son... mixtas, pero moitas veces iso de "Fálame moito máis desa moza do que outra cousa podería dicirme".

"Hmm. E dirías que nunca podes deixar de ter sexo con eses amigos?"

"Son os meus amigos. Estaba saíndo cunha moza unha vez na que avanzamos ata ese punto, pero deixei de vela porque pensaba en que eu era exclusiva para ela mesma".

"Como pasou iso?"

"Aparentemente esqueceu ese pequeno detalle que acordamos".

"Eu vexo. Dime; dirías que es poliamoroso ou tes tendencias poliamorosas?"

Andrew engurrou o ceño un pouco, algo confuso de como isto estaba relacionado co seu problema, pero disposto a tratar con el.

"Eu diría que estou aberto a iso, sen precisalo necesariamente. Sinto que mentres unha parella sexa aberta e honesta co que quere e espera do comportamento do outro, entón o sexo debería ser o que queira que sexa entre eles. eles".

"E exclusivo?"

"Claro que podería ser. Entre eles, pero aberto a experiencias cos demais, xa sexan os dous xuntos ou por separado, sempre que ambos sexan honestos e de acordo. Sen dúbida estiven en relacións nas que cada un compartimos os seus amigos, etc. Como dixen, tamén o contrario, a exclusividade".

"Pero só un?"

"Outros tamén querían ir á exclusividade de inmediato, pero... iso paréceme unha tontería".

Andrew encolleuse de ombreiros, pero Rosa engurrou o ceño.

"Por que é iso?"

"Pois, por exemplo, contigo. Se comezamos a vernos. Non te coñezo, pero seguro que che parece atractivo. Se empezamos a saír, supoño que ti tamén me atoparías atractivo; entón que hai de malo en gozar de cada un. outros sexualmente sen exclusividade, se somos responsables?

"Entón, cal é a diferenza entre citas e amigos con beneficios?"

"Todo o propósito das citas é atopar a alguén con quen queiras compartir a túa vida, non? O ideal é durante un longo período de tempo, se non para sempre no que se refire ao matrimonio. Amigos... pode que che gusten ou desfrutes do sexo. entre si, pero chegaron a descubrir, xuntos ou por separado, que non funcionan ben en parella.A longo prazo, ou na unión diaria.Pero iso non quere dicir que non poidan ter boas relacións sexuais. e facernos sentir ben. outros".

Rosa riu.

"Sinceramente, esa é unha perspectiva bastante saudable. Gustaríame ter algúns amigos con beneficios na miña vida como ti, xa que últimamente necesito desestresarme moito".

Rosa sentouse, case como retomando un comportamento profesional.

"Ehm. En fin, vale; entón... non houbo ningún evento, sexual, profesional ou persoal, que puidese... desanimar ou engadir moito estrés, ou algo así?"

"Non é que se me ocurra".

"¿E non podes baixar nin sequera de masturbarte? Ou de ter relacións sexuais con algúns destes teus amigos cos que nunca antes tiveches problemas?"

"Non, en absoluto. E nunca tiven problemas para baixar antes. Isto é realmente frustrante".

"E dis que tes problemas para conseguir e manter unha erección".

"Si, quero dicir que me emocionarei, voume teso, pero aínda así un pouco uhmmm... solto, se queres dicilo así. Iso dificulta a penetración, sabes? E para ser franco. , xa que dixemos que o imos ser, a un par de meus amigos encántalle moito que me meta na cabeza, parte da razón pola que nos fixemos tan bos amigos, e somos moi bos niso. Pero aínda así. Podo achegarme a eles, probablemente máis preto que con calquera outra cousa, que mesmo coas miñas propias mans, pero non podo chegar ao clímax".

"Tampouco poden poñerte completamente duro?"

Andrew meneou a cabeza.

Rosa engurrou o ceño, cos beizos fruncidos no pensamento.

Ela bateu os dedos contra o seu xeonllo, e Andrew tivo problemas para non fantasear co que se sentiría ter eses beizos ao redor do seu pene.

El estivera encendido en canto ela entrara, pero en realidade podía sentir que o seu pau se poñía un pouco ríxido cada vez que miraba cara atrás a aquela pequena abertura conveniente da súa camisa.

De súpeto, ergueuse.

"Ben, Andrew, creo que teremos que facer un exame físico para asegurarnos de que descartamos certas cousas. ¿Importaríache espido?"

Andrew tendeu inmediatamente a man para comezar a desabotoar a camisa.

—Pois normalmente, Rosa, eu insistiría nunha boa cea antes, polo menos, pero para ti...

Rosa ruborouse un pouco e mordeuse o beizo inferior, xuntando as mans diante dela.

"Uh... normalmente, o paciente agarda mentres o doutor sae, para poder quitarse a roupa e poñerse unha bata médica. Despois, o doutor chama á porta e volve a petición do paciente".

Andrew encolleuse de ombreiros e continuou desabotoando a camisa para deixar ao descuberto o seu peito peludo.

"¿Que sentido ten? Vai examinar os meus xenitais, e facilmente poderías verme sen camisa fóra nun caluroso día de verán. Ademais, tes présa e non me importa. Non son tímido. Definitivamente. nada que non vira antes".

Rosa riu, caendo os seus ollos para vagar sobre o torso de Andrew mentres el quitaba a camisa.

"Ben, definitivamente nada que eu non vira antes, pero... se estás ben con iso, supoño que non é ningún problema. E xa sabes, obviamente non vas parar de todos os xeitos."

Andrew riu, ergueuse e agachándose para comezar a desabotoarse os pantalóns.

"Oe, seguro que tampouco parece que te vas".

Ela sorriu mentres meneaba a cabeza, retrocedendo lixeiramente cando el baixaba do chanzo da mesa de exame para quedarse no chan.

Os pantalóns de Andrew golpearon o chan e el quitoullos, mirándoa cun sorriso xoguetón mentres enganchaba os polgares na cintura dos seus calzoncillos.

"Deberías enfrontarte á gran revelación, ou preferirías dar a volta e ver máis tarde?"

Ela riu, devolvendo a súa expresión brincadeira, as mans agarrando o estetoscopio.

"Só enfróntame a min; non estou seguro de poder resistirme a golpearte o cú se te dás a volta".

"Ben, nese caso..."

Andrew deuse axiña e inclinouse mentres baixaba os calzóns bóxers, movendo o seu agora espido traseiro en dirección a Rosa e xirando a cabeza para mirala por riba do ombreiro.

Tiña unha man tapada a boca, rindo suavemente.

"Es MAL, Andrew Harrison. Ese é un comportamento moi inadecuado nunha relación médico/paciente!"

—Non direi nada se tampouco o fas, Rosa Martínez.

Ela puxo os ollos en blanco mentres deixaba caer a man, pero Andrew notou que os seus ollos viaxaban por todo o seu corpo mentres se volveu cara a ela, apoiando as mans nas súas cadeiras.

"Entón... que agora?"

Rosa mirou cara abaixo, levantando unha cella cun sorriso.

"Ben, certamente parece que agora non tes moitas dificultades...!"

Andrés seguiu a súa mirada; O galo estaba teso, iso era evidente.

Rosa era unha muller moi atractiva, e divertíase coqueteando con ela.

"Ben, un cadáver endureceríase ao estar espido no mesmo cuarto ca ti, Rosa; aínda que non é o mesmo que unha erección completa!"

Ela botou os ollos e sorriu un pouco, pero realmente parecía estar intentando un pouco de profesionalidade continuada.

Ela levantou a man para quitarse o estetoscopio, pero mentres o facía abriuse un par de botóns da blusa.

Os ollos de Andrew agrandáronse mentres se deu a volta para abrir un caixón.

"Volves á mesa e eu conseguirei unhas luvas..."

Andrew fixo o que lle pedían, preguntándose se os botóns despregados levarían a unha mellor vista.

Admirando a parte traseira de Rosa cando lle deu as costas, a súa mente derivou en múltiples escenarios sórdidos.

"Ben, isto é un inconveniente".

Deu a volta para suxeitar unha única luva médica azul nunha man e unha caixa baleira na outra.

"Terei que ir buscar unha caixa nova. Quizais deberías poñer unha..."

"Pshh; por favor! Tes un. Non estás a investigar feridas abertas nin nada invasivo. Non estou exudando nada por ningures. Estou ben se estás ben con iso".

Rosa meneou a cabeza.

"Absolutamente non, infrinxe nin sequera cantas regras, e a máis grande é romper a esterilización, e..."

"Doutora Rosa. Cómpre facer un exame físico da zona para asegurarse de que non hai anormalidades, non? Non é que estás a inxerir nada nin tes feridas abertas na man, non? Tampouco o vas facer. pon os dedos en calquera lugar da man. meu".

Ela miroulle aos ollos.

"Pode ser que teñas que examinar a túa próstata, sinceramente".

—Pois tes unha luva.

"Podería camiñar polo corredor para coller unha caixa nova e volver".

Andrew sorriu, levantando as mans, encollendo os ombreiros e inclinando a cabeza cara un lado.

"E aínda así non..."

A doutora Rosa botou os ollos exasperada e puxo rapidamente a luva na man esquerda, meneando a cabeza cara a el.

Porén, puido ver o leve tirón dun sorriso nos seus beizos e engurráronse os bordos dos seus ollos.

"Vostede é imposible! Abre as pernas, señor!"

Tentando non mostrar a súa propia expectación, Andrew abriu inmediatamente as pernas para darlle a Rosa o maior acceso posible.

Loitou para non suspirar de pracer mentres sentiu a carne cálida, suave e espida da man dereita de Rosa enrolar o seu membro, seguida da luva fría e seca da súa man esquerda ahuecando as súas bólas.

Os seus dedos comezaron a sondear coidadosamente a súa lonxitude mentres ela manipulaba o seu saco de pelota, engurrando o ceño concentrado e luciendo incriblemente sexy mentres se inclinaba lixeiramente.

Os seus ollos ensancharon mentres a súa camisa caía un pouco para revelar unha extensión deliciosa e cremosa de peitos suaves, ahuecados e apoiados por un suxeitador con volantes morados.

Sentiu o pulso acelerado, sentiu o seu pene subir con emoción e emoción tanto polo contacto como pola vista.

"Non sinto ningún golpe ou rotura anormais, así que é bo. De feito, podo... oh! Ben, entón... alguén está a responder terriblemente de súpeto..."

Ela levantou a cara para miralo, e Andrew sentiu outra onda crecente de desexo sexual e tensión.

Como se sentiría afundir o seu palo nesa boca parcialmente aberta e sentir o talento da súa lingua no seu pau ansioso?

Arrancou os ollos nerviosamente, temendo que ela vise a luxuria espida e crúa neles.

"Eu... ben, Rosa, uhmmm... para ser sincero..."

Foi un... problema cerebral, non só pola técnica de exame puramente clínico que comezou a darche esta sensación?

Andrew non podía estar seguro.

Sen embargo, sentiu o impulso case esmagador de comezar a empurrar contra o seu agarre.

"Andrew, lembra; dixemos que íamos ser sinceros e honestos uns cos outros. Sen prexuízos".

Andrew volveuse de mala gana para mirala.

O seu rostro estaba tranquilo, pero... parecía haber algún brillo nos seus ollos.

Dalgunha forma... específica, ela estaba apertando os beizos.

Anticipación?

A visión das súas mans sobre el, a proximidade do seu rostro á súa entrepierna.

Se ela xiraba a cabeza, probablemente podería sentir o contacto da súa respiración contra a súa pel.

A vista dos seus peitos bastante sorprendentes tamén era algo espectacular.

A forma en que inconscientemente a vislumbraba daquela forma -involuntaria, inocente, pero claramente íntima e privada- era embriagadora.

Sentiu o seu pene torcer nas súas mans, a súa excitación parecía estar fóra de control.

"Entón, sinceramente, Rosa, hai moito, moito tempo que non tiña unha muller claramente intelixente, divertida, encantadora e simplemente abraiante que me cativase e excitase facilmente. Tes a túa man no meu pene, e teño un Incrible vista da túa camisa que me fai entender canto tempo pasou desde que non vin un par de peitos tan fermosos e, francamente, non lembro a última vez que estiven tan cachondo ou morría por ter sexo salvaxe.

Os ollos de Rosa ensancharon, a súa man enguantada caeu cara a ela para tocar a curva da súa camisa mentres miraba para abaixo.

As súas meixelas enrojeceron inmediatamente un escarlata profundo e brillante.

Ela mirou para el, mordendo o seu beizo inferior, pero el notou que ela non quitaba a man núa do seu membro mentres baixaba a man enguantada, simplemente dirixindo os seus ollos ao seu pene duro e despois de novo cara á súa cara.

Os seus ollos atopáronse.

Andrew boqueou.

"Eu... nin sequera podo... teño... es duro coma unha pedra. Non tes ningún problema!"

"Por primeira vez en máis dun ano. Grazas a ti. Prometo que non me invento".

A calor súbita dos beizos de Rosa mentres se envolvían ansiosamente ao redor da cabeza inchada do pene de Andrés fíxoos xemer a ambos.

As mans de Andrew agarraban os bordos da mesa de exame mentres observaba a boca de Rosa descender sobre o seu pene.

El sentiu a súa suave lingua lambendo, fregando e burlando a parte inferior da súa erección mentres ela o inhalaba na súa boca.

Ela ronroneou ao redor do seu pau palpitante, chupándoo mentres os seus dedos tomaban un tipo de toque completamente diferente e acariciaban as súas bolas.

Os seus ollos ardeban cunha necesidade intensa que parecía reflectir a súa, observando a súa reacción mentres ela comezaba a agradalo.

Cando a súa cabeza comezou a escorregar arriba e abaixo sobre el.

Estaba fascinado polas súas accións, os movementos rítmicos no seu gallo dolorido e a cruda sexualidade que sentía na súa mirada mentres ela daba testemuña do pracer que lle daba.

O deleite que obviamente sentía por ser a fonte diso era indescriptible.

Os seus ollos dirixíronse cara aos breves e estremecedores flashes do escote do seu suxeitador.

Ela apartouse del, jadeando suavemente, mirando os botóns desfeitos antes de sorrir.

"Queres ver máis...?"

El asentiu coa cabeza, intentando non notar a corda de saliva que se estendeu lentamente desde os seus beizos húmidos ata a brillante cabeza do seu pene.

Estaba desabotoándolle a blusa, deixando caer ao chan detrás dela e inmediatamente levantándose para desfacer os peches do suxeitador.

Ela observou a súa reacción mentres a retiraba lentamente do seu corpo, sorrindolle xoguetonamente mentres os seus fermosos e pálidos peitos se liberaban do seu confinamento.

Andrew xemeu tranquilamente ao velo.

Sen dubidalo, estendeu unha man para abrazar o seu peito esquerdo espido.

Acariñou a cálida e deliciosamente suave anatomía da doutora Rosa Martínez.

—¡Ai Deus... Rosa...!

Entrecerrou os ollos, un arrepío facíaa visiblemente tremer contra el.

Ela levantou a man, colocándolle un dedo nos beizos.

"Hai tempo que un home me tocaba así... estiven tan ocupado que nunca saio moito...! Nós... non podemos facer moito ruído...".

Bicoulle o dedo, deslizando a súa lingua pola punta do mesmo e chupándoo con brincadeira, lentamente, mentres a observaba.

Apretoulle o peito na man, facéndoa xemer suavemente mentres murmuraba:

"Isto non debería ser... todo sobre min. Quérote, Rosa. A todos. Non só a túa boca, nin sequera o teu incrible peito. Os dous podemos gozar, facernos sentir ben".

O seu rostro estaba ruborizado pola excitación (o seu peito tiña un ton rosado, incluso) e podía sentir o seu pezón duro e sobresaíndo contra a súa palma.

Sentiu a súa man deslizarse cara arriba do seu peito e volver para abaixo para coller o seu pene.

Dándolle unha aperta, un golpe moi deliberado, esta vez.

"Estás limpo...? Non estás...?"

"Se?"

Ela respondeu dando un paso atrás e tendendo a man para coller a cremalleira da saia .

Ela lambeu os beizos mentres vía a súa erección balancear no aire.

A súa saia deslizouse polas pernas sen esforzo, seguida de preto por unhas bragas moradas sedosas, cortadas de forma halagadora.

O cheiro da súa emoción era forte, e Andrew podía ver a humidade relucente que brillaba nas coxas internas de Rosa, literalmente adornándose ao longo dos seus beizos suaves.

"Non estou seguro de que poidamos durar moito..."

El riu tranquilamente, lambendo os beizos mentres se sentaba de novo na mesa de exame cunha dobra de papel de seda.

Rosa estaba subindo ao chanzo, deslizando unha perna polo seu corpo mentres se acomodaba enriba del, respirando con ganas.

Ela colleu o seu pene (a súa man tremía?) e mirou para el.

Deslizou as mans pola suavidade do seu corpo espido con reverencia ata que se asentaron nas súas cadeiras.

Achegouna, apoiando a súa punta palpitante contra a súa entrada húmida, pero sen ir máis lonxe.

"Non serás a única, Rosa. Certamente espero que esteas ben con iso. Sen prexuízo, recordas?"

Eles loitaban por xemirse en silencio mentres ela se deslizaba sobre el.

A calor húmida do seu corpo envolvíao comodamente e abrazou a súa dolorida erección no fondo das súas profundidades.

Ela botou a cabeza cara atrás, coa boca aberta en silencio, mentres o colleu por completo.

Ela comezou a moer as súas cadeiras contra o seu corpo.

O seu peito lanzaba, invitando as súas mans a estenderse e agarralas a ambas, apertando suavemente mentres el tremía debaixo dela.

A súa voz temblorosa conseguiu manterse na súa maioría baixa mentres reaccionaba.

"Ohhhhh! Deussss...!"

Ela plantou as mans contra o seu peito mentres baixaba a cabeza para miralo con fame.

As súas cadeiras comezaron a mecer cando comezou a montalo.

As mans de Andrew deslizáronse pola súa pel, acariciando os lados do seu corpo, apertando as súas cadeiras antes de estender a man para coller o seu cu firme e tonificado.

Os seus dedos enroscáronse contra ela, penetrándoa na súa carne mentres a tiraba con máis forza contra el, mentres usaba as súas pernas para facer fronte aos seus movementos cos seus propios impulsos.

El estaba jadeando debaixo dela.

"Séntate... tan... ben, Rosa... carallo... ben!"

Ela sorriu tímidamente, pero só aumentou o seu ritmo, fodendo con el desesperadamente, cos ollos medio pechados mentres gruñía de profunda satisfacción.

O papel engurrou debaixo de Andrew que xa estaba fóra de control en reacción aos seus movementos.

Intentou non mover tanto a parte superior do corpo, pero ata certo punto non lle importaba.

O seu pene latexaba ansiosamente dentro dos axustados confíns de Rosa, unha dureza completa da que non podía gozar en moito tempo.

El podía sentir cada onda do seu bichano esvaradío mentres ela o montaba .

Cada aperta e estremecemento dos seus músculos internos mentres estalaban como dous animais.

O seu coño contraíase cada vez con máis frecuencia.

O ritmo enérxico de Rosa fíxose cada vez máis frenético, ata que escoitou a respiración.

El viu a súa columna tensa mentres se arqueaba cara atrás e sentiu o seu clímax no seu pene.

Con todo, ela non parou en absoluto.

Rosa continuou cara adiante, mordéndose o beizo inferior mentres xemaba a súa delicia coa boca pechada.

Andrew podía sentir que se lle apertaban as pelotas, sabía que non ía durar moito máis.

O pensamento de que volvería ser suave e perdería a capacidade de seguir fodendo con esta fermosa e sexy deusa era horrible, pero non podía evitarlo.

Sentíase demasiado ben.

ISTO sentiuse demasiado ben.

Jadeando, moveu unha das súas mans, buscou entre os seus corpos suados e chocando, e atopou o seu clítoris para fregar mentres el fodía.

Os ollos de Rosa ensancharon, a súa mirada volveu atopar a súa mentres a súa boca se abría nun berro silencioso.

O seu coño apertado ao seu redor, aínda máis forte que antes .

Completamente incapaz de axudarse, Andrew sentiu que o seu orgasmo, o primeiro en máis dun ano, chegou ata el.

Chorros duros e grosos de esperma estalaron dentro do coño de Rosa, facendo que Andrew xemese sen control.

Ata que Rosa, no medio do seu propio peteiro, bateu unha das súas mans sobre a súa boca para tentar acalalo.

A súa boca sorría salvaxemente mentres tremían un contra o outro, unidos no seu éxtase.

Con total indulxencia para o pracer dos corpos dos outros.

O seu corpo retorcíase debaixo dela, e ela fixo todo o posible por moer contra el .

Mentres el seguía bombeando máis e máis esperma no seu coño que aceptou ansiosamente.

O valor dun ano de frustración sexual reprimida finalmente estalou no corpo de Rosa.

Cada explosión parecía relaxar toda a tensión nos músculos de Andrew nun nivel totalmente novo que o deixaba flotando nun mar de felicidade coma se estivese drogado.

Abafando unha risa mentres ela se esborrallaba enriba del, as súas mans acariciando con avidez o seu corpo, Rosa moveu a cabeza sobre o seu peito peludo, jadeando mentres o miraba.

"Non podo crer que acabamos de facer iso...! Deus, iso foi moito cum..."

Os brazos de Andrew envolvían instintivamente o corpo de Rosa, suxetándoa preto mentres as súas mans acariciaban a suavidade da súa pel con reverencia.

O seu peito subiu e caeu rapidamente mentres intentaba recuperarse.

Un sorriso rompeu o seu rostro mentres a miraba.

"Un ano, ou polo menos case. E sinto que aínda teño máis".

Ela ronroneou encantada, facendo vibrar o seu peito.

Andrew xurou que podía sentir o seu espasmo arredor do seu pene suave e sorprendentemente ríxido, aínda aloxado dentro dela.

"Non me gustaría máis que muxirche ata a última gota, co meu corpo ou coa boca, pero canto máis tempo estou aquí, máis probable é que entre unha das enfermeiras... e NON PODO ter unha demanda. presentado por neglixencia ou acoso contra min!"

Andrew levantou unha man para abrazar a meixela de Rosa, os seus beizos atoparon os dela e bicárono lentamente e sensualmente.

Pechou os ollos, saboreando a sensación dos seus beizos, do seu corpo.

Como se deleitaba co estupor posorgásmico cunha muller tan incrible!

"Grazas, Rosa. Foi... incrible. Non podo describir o ben que se sentía poder volver a sentirse así".

As meixelas de Rosa ruborizáronse mentres mordía o beizo inferior.

"De verdade queres dicir iso...?

"Realmente non te volveches duro nin alcanzaches o clímax no último ano?"

Andrew riu un pouco, aínda fregando o polgar contra a súa meixela.

A súa outra man moveuse para copar o seu traseiro espido.

Sentíase ben volver estar así cunha muller.

"Que, pensaches que estaba mentindo sobre todo iso?

"Só para meterse no teu pantalón?"

Ela encolleuse de ombreiros, sorrindo un pouco avergoñada.

"Non sería a primeira vez que me pasa algo parecido. Iso pásalles á maioría das nenas".

"Xúroo que non tiven un orgasmo en máis dun ano ata agora, e polo menos ata agora non me fixen tan duro. Esta foi a primeira vez que puiden penetrar nunha muller, e moito menos correr nela ou faino correr na miña polla durante máis dun ano. Agora mesmo síntome eufórico e deliciosamente xeneroso".

Rosa riu, inclinándose para roubarlle un bico rápido dos beizos, pero tamén se sentou.

Moveu as cadeiras contra el por un momento, sorrindo amplamente mentres o facía cos ollos entrecerrados .

Pero lentamente soltou-se do seu pau.

Un diluvio de seme escapou do seu coño e esvarou polo seu corpo, xuntándose ao longo da súa pelve.

"Ben, entón, síntome incriblemente halagado, ademais de inmensamente aliviado. Para ser sincero, hai moito tempo que non durmiches comigo, aínda que o meu vibrador e eu somos amigos frecuentes. E eu... nunca o fixen. algo así antes."..."

Parecía nerviosa, pero Andrew non puido evitar sorrir.

Aínda que seguramente tivese a súa parte xusta de conexións e sexo casual, isto... era algo completamente diferente, e el non estaba moi seguro de que dicir.

Ela viu o charco de esperma mentres se baixaba ao chan, e case se deu a volta para ir coller algo para limpalo, pero el observou como se paraba, miraba para el.

Entón simplemente inclínate e lévao de novo á túa boca.

A súa lingua chupaba a súa semente derramada mentres ela chupaba lixeiramente.

Andrew boqueou, as mans apretadas nos bordos da mesa mentres as súas costas ríxidas, pero non podía mirar para outro lado do que estaba facendo.

O seu pau latexaba de pracer, mesmo despois de que ela se afastase lentamente del.

Ela primeiro bicou a punta do seu membro, e despois lambeu algúns fíos errantes de seme da súa carne.

Ela sorriu tímidamente mentres se erguía de novo, mirando o seu pene.

Claramente volveu estar completamente duro.

"Parece que agora non ten problemas para poñerse duro, señor Harrison".

Andrew estremecía feliz, tentando sentarse cara adiante, para recuperar a súa roupa mentres vía a Rosa agacharse para coller a súa.

—Creo que me curaches, señorita Martínez.

Ela sorriu, pero mentres lle entregou algunhas das súas roupas, ela alcanzou a man para tocarlle o pene de forma briosa.

"Non estou de acordo, señor; creo que terá que programar unha cita de seguimento a finais desta semana. Necesitamos controlar de preto o seu estado e asegurarse de que non haxa recaídas".

O seu sorriso xoguetón vacilou un pouco.

"Isto é grave, pero, con todo, eu... creo que probablemente podemos descartar enfermidades físicas, pero... pero queremos asegurarnos. Non, non?...".

Andrew levantou unha man, sorrindo suavemente.

"Entendo, doutora Rosa. E encantaríame volver á consulta. Oficialmente, e... incluso extraoficialmente, se está ben con iso. Eu... sinceramente esperaba que fixera un exame rápido e remíteme a un psicólogo. Pensei que "Foi un problema mental ou emocional".

Ela ruborouse, pero asentiu mentres se poñía as bragas.

Un círculo escuro filtrouse lentamente no tecido, e a súa visión fixo que Andrew se emocionou aínda máis.

Foi a poñerse o suxeitador de novo, pero Andrew fixo un aceno para que se achegase, mirándoa con curiosidade.

Ela cedeu, achegándose a el de novo.

Inmediatamente levantou a man para acariñar os seus peitos espidos cun suave suspiro.

"Grazas. Síntoo, só es... Creo que es incriblemente sexy, e as cousas foron tan apresuradas que eu... Non quería perder a oportunidade de tocalas mentres o tiña".

Ela sorriu suavemente, inclinándose para bicarlle a meixela antes de dar un paso atrás para poñerse a roupa de novo e tentar retomar a súa discusión oficial en voz alta.

"Probablemente sexa iso, pero como non lle dixo ás enfermeiras exactamente o que é o papeleo, probablemente debería... organizar para que teña unha visita máis aquí para que poidamos estar seguros dos síntomas".

El asentiu, ergueuse e comezou a poñerse a súa propia roupa.

Rosa mirouno brevemente mentres remataba de reorganizar a roupa.

Alisou a saia lapis, perdida nos seus pensamentos.

Finalmente rompeu o silencio.

"Se queres, eu... aceptaría encantado o teu número de teléfono. Para ser sincero, non sei ben como me sinto, fóra da... calor do momento, pero..."

"Entendo perfectamente, Rosa. Seino... non nos coñecemos moi ben, pero... espero que saibades que non me tomo isto á lixeira, que se pode confiar en min, e eu... apréciao moito... todo o que pasou. Nunca usaría nada disto para facerte dano, nin facerte intencionalmente de ningún xeito. Se nunca queres que isto suceda de novo, aceptaría, respectaría e entendería esa elección. pero espero sinceramente que non te arrepintes, e espero que poida seguir sendo "o teu paciente, polo menos. Vin aquí por un motivo, a túa historia e comentarios sobre as túas capacidades como médico. Non che podo dicir. que feliz me fixo isto, ou... como me fixo sentir de novo home".

Os ombreiros de Rosa parecían caer un pouco.

Unha tensión que deixou a súa postura mentres sorría con calor.

"Grazas, Andrew; agradézoo moito. Eu... tamén me gustou moito o que pasou".

"Podo deixarche o meu número entón?"

Ela asentiu, xirándose para coller un bloc de papel e un bolígrafo.

Despois ofreceullo.

Colleuno e anotou rapidamente o seu número, despois devolveullo.

Ela arrincou a saba superior e meteuna nun pequeno peto da blusa.

Os seus ollos atopáronse, demoraron un momento, entón Andrew sorriu e abriu os brazos.

"¿Os importaría un abrazo...?"

Ela riu, meneando a cabeza mentres se abrazaban.

Cando deron un paso atrás, e Rosa volveuse para recoller as súas cousas, os seus ollos escudriñan o despacho.

Ademais de que o papel de seda da mesa de exame estaba horriblemente engurrado, ninguén podía dicir o que acababa de pasar aquí.

Andrés, entendendo o que estaba a facer, cheiraba un pouco o aire e despois achegouse a unha das fiestras para abrila.

Rosa sorriu tímidamente, asentando.

"Nese caso, Andrew... eh, señor Harrison, chegaremos ao fondo deste problema que parece que está a ter, pero necesitaremos que faga outra cita para un seguimento a finais desta semana. e canto antes mellor".

Mordeu o beizo, chiscolle un ollo e dixo baixando a voz:

"Non me fagas esperar".

NA OFICINA

"Necesitas algo máis, señorita Sanders?"

Levantei a vista dende as filas e columnas borrosas da folla de cálculo impresa e pestaneei a Vicky, a miña secretaria, de pé na porta da miña oficina, co bolso colgado no ombreiro dereito.

Nalgún lugar detrás dela, podía escoitar ás outras mozas da oficina charlar mentres pechaban os seus traballos durante a fin de semana.

Cando as súas palabras por fin se rexistraron na miña mente, fixenlle un rápido aceno e movín os dedos.

"Adiante . Debería rematar aquí nuns cinco minutos. Que teñas un bo fin de semana".

Ela estreitou os ollos para min por un momento, pero só se fixo eco das miñas últimas palabras cun sorriso antes de dar a volta e unirse aos seus compañeiros de traballo.

Si, coñecíame moi ben.

Cinco minutos adoitaban ser de quince a vinte nun día normal. Pero foi o venres antes dunha fin de semana longa de tres días, e coa realización dun resumo do informe trimestral que debía entregarse na mañá do martes.

A quen estaba bromeando?

Estaría aquí polo menos un par de horas.

E iso só se podía concentrar en obter os números correctos.

Despois da primeira hora con só un pouco de progreso, fixen unha rápida viaxe á máquina expendedora na sala de descanso para tomar un refresco cheo de cafeína.

De volta na miña mesa coa carbonatación que me facía cóxegas na parte traseira da gorxa dunha bebida profunda, quedei de pé inclinado sobre a miña mesa.

Quizais unha perspectiva diferente axude.

Xusto nese momento oín un gruñido baixo.

Lonxe de sobresaltarme, dende que coñecía ao dono daquel son, apenas levantei a vista para ver ao señor Robert González apoiado no marco da porta, coas mans nos petos dos axustados pantalóns.

Era o epítome de alto e guapo, aínda que non era totalmente negro... polo menos non a parte que se podía ver.

O seu cabelo prateado estaba recortado máis curto nos lados e nas costas, o que o facía parecer máis vello que os corenta e tantos anos que debería ter.

E a súa pel lixeiramente bronceada indicaba que non lle importaba estar ao aire libre, aínda que sabía que aínda non chegara a crear vínculos co resto dos executivos homes.

"Arrastrando as últimas pingas de enerxía á medianoite, Erika?"

Arquei unha cella ben coidado e finalmente respondín:

"Son as seis. Só é media tarde".

Encolleuse lixeiramente de ombreiros.

"É media noite nalgún lugar".

"En Londres".

"Hmm?"

"Se aquí son as seis, é medianoite en Londres".

Robert riu.

"Ti e os teus números".

Rodei os ollos e inclineime cara adiante para atopar a parte superior dunha columna de folla de cálculo e deslicei o dedo cara abaixo.

Un gruñido máis profundo chegou aos meus oídos.

Levantei a vista a tempo de velo axustando o nó da gravata na súa gorxa.

Un segundo despois, decateime de que podía ver a parte superior da miña camisa.

Erguinme bruscamente, senteime na cadeira e achegueime ao escritorio, sentindo as miñas meixelas ruborizadas.

Apenas conseguín evitar sorrir cando el suspirou.

"Que podo facer por ti, Robert?"

No momento en que as palabras saíron da miña boca, pechei os ollos e apretei os beizos.

Maldito lapsus freudiano.

"Eu non cobro taxa, Erika, pero se estás disposta a pagar..."

"Foi un erro", murmurei, finxindo volver a centrarme nas páxinas impresas espalladas de novo ante min.

Na miña cabeza, pedínlle a medias que marchara.

A empresa non era totalmente desagradable.

Pero quería facer este informe para poder ir a casa e mergullo na miña bañeira de hidromasaxe cunha copa de viño e non pensar en nada ata que a miña alarma soou o martes pola mañá.

"Os números resisten, eh?" dixo cunha risa suave.

Houbo un leve son de zapatos revoloteando na alfombra.

Un momento despois, estaba diante da miña mesa.

Cando volvín a levantar a vista, tiña unha cella levantada, e o seu sorriso ampliouse mentres se quitaba a chaqueta de traxe, colocándoa no respaldo dunha das cadeiras de visitantes.

Traguei saliva mentres deslizaba a súa man grande pola parte dianteira do seu chaleco abotonado gris, tirando dos puños da camisa branca antes de sentarse na cadeira de enfrente.

Cruzou o xeonllo dereito sobre o esquerdo e puxo as mans no colo.

Intentei ignoralo mentres traballaba, bebendo da miña lata de refresco de cando en vez.

E gloria, os números comezaron a ter sentido.

Non pasou moito tempo ata que por fin puiden comezar a escribir o meu informe.

Non falaba, pero podía escoitar a súa respiración uniforme.

Sinto os seus ollos sobre min.

Non obstante, estaba afeito a iso dos clientes, polo que a atención de Robert non me desconcertaba.

Nin sequera cando puiden ver na miña visión periférica que se desabrochaba lentamente o chaleco e soltaba o nó da gravata.

Mordei o interior do meu beizo mentres el axustaba a súa posición e relaxábase no asento, intentando non pensar en que intentaba ocultar a súa excitación.

Cos ollos postos na pantalla do ordenador, apuntei no meu informe de onde proviñan as nosas perdas e despois expuxei unha proposta para recuperar eses fondos nos próximos dous trimestres.

Uns minutos despois, a súa voz sorprendeume, recordándome a súa presenza.

"Parece que estás traballando moi duro alí, Erika. Mesmo cando me miras desde o rabillo do ollo. Cres que non noto esas cousas?"

O nudo na miña gorxa parecía aparecer da nada.

De feito, doía a tragar, e esta vez o refresco non axudou.

Unha rápida ollada para el fora unha mala idea.

Pechei os ollos por un momento e logo pestaneei rapidamente para volver a enfocar.

A cabeza de Robert estaba ladeada, a comisura da boca torcida.

"¿Que pasa? O gato chegou a lingua?"

Cando seguín ignorándoo, fixo un son "tsi, tsi, tsi".

Non puiden evitar maldicir suavemente mentres se erguía e camiñaba arredor da miña mesa, parando directamente detrás de min.

"Estás traballando demasiado. É fin de semana. Deberías estar na casa ou fóra divirtindo, non pasar tempo na oficina".

Sentindo que tocaba a parte inferior do meu cabelo, tremei.

Os meus dedos tremían no teclado por un momento.

Incluso a miña respiración era inestable mentres exhalaba.

Maldito este home.

Levaba dous meses na miña cabeza... dende que os xefes nos presentaron nunha reunión corporativa.

Estabamos no mesmo nivel de autoridade, pero de diferentes departamentos.

Os pormenores das nosas zonas nin sequera se cruzaban.

Non obstante, atopara un motivo para pasar pola miña oficina polo menos unha ou dúas veces por semana.

Pero nunca despois de horas.

E nunca fora isto... lanzado.

Sempre fora profesional, pero bailara ao filo da corda.

En segredo, desexaría que se lanzara un pouco.

Non para darme motivos para denuncialo, senón para saber con certeza se estaba realmente interesado en min... ou se só lle gustaba facer alarde da súa virilidade.

Era a única executiva da empresa.

A maioría dos homes parecían estar de acordo con ese estado.

Algúns deles avisáronme ao redor do enfriador de auga que pensaban que as mulleres pertencían ao outro lado da mesa, pero ninguén tiña o valor de dicirme iso á cara.

Recei que ese momento nunca chegase de Robert.

E agora?

Tiven a sensación de que por fin ía ver o lado verdadeiro do home que asombrara os meus soños en máis dunha ocasión.

Non obstante, arrepentiríame diso?

estabamos sós

O resto do chan estaba escuro máis aló das fiestras da miña oficina.

E non había razón para que ninguén estivese no edificio a esta hora.

Os conserxes non chegaron ata o sábado pola mañá.

E se as intencións de Robert non fosen honorables?

E se...

"Parece que quizais necesites aliviar un pouco o estrés, non cres?"

A súa voz estaba xusto ao carón da miña orella, os seus beizos rozándoa lixeiramente, facéndome boquear.

Cepilloume o pelo mentres falaba.

E entón mordeume o lóbulo da orella.

"Respóndeme, Erika".

Lume e xeo.

Só así podería describir o que se moveu polo meu corpo ante as súas palabras... as súas accións.

Non podía moverme.

Apenas respira .

E definitivamente non tiña unha voz adecuada á que responder.

Robert de súpeto puxo as mans a cada lado de min na mesa, invadindo aínda máis o meu espazo.

Polo menos eu tiña o delgado respaldo da cadeira entre nós.

Por agora.

As miñas pernas tremían.

Grazas a Deus, xa estaba sentado.

Isto é o que estabas esperando, non?

Loitei por non miralo por medo a perder o último control sobre as miñas emocións que tiña se o fixera.

Pero non puiden evitar o pequeno xemido que escapou dos meus beizos cando se inclinou no lado da miña cara.

Os seus beizos tocaron de novo o meu oído.

"Sei o que queres..." murmurou, lambéndome o lóbulo. "Que necesitas."

Sen previo aviso, estendeu a man e agarroume o pulso esquerdo, suave pero firmemente, retirándoo da mesa e levándoo detrás da miña cadeira.

Agarrando o dorso da miña man na palma da man, colocouno firmemente na protuberancia da súa entrepierna.

Chomei máis forte, pechando os ollos.

As dúas mans pecharon instintivamente tamén, a miña esquerda envolvendo aínda máis a súa erección cuberta.

O meu coño apertado coa sensación.

Soltou un xemido suave e volveu poñer a miña man sobre a mesa.

A calor da súa presenza parecía retroceder, pero non detivo o tremor que subira aos meus ombreiros.

O seu alento cálido aínda acariciaba a parte traseira do meu pescozo mentres exhalaba pesadamente.

Un momento despois, xiro lentamente na miña cadeira para enfrontarme a el... deixando que os meus ollos estean directamente aliñados coa súa entrepierna.

Cun suspiro, recuinteime na cadeira, levantando a miña mirada o tempo suficiente para velo lambendo os beizos.

Despois seguín as súas mans mentres se asentaban na súa cintura, desfacendolle o cinto de coiro.

Desfixo o botón tan lentamente que ela non estaba segura de se o fixera realmente ata que baixou a cremalleira.

Escoitei un xemido del cando comecei a respirar máis entrecortado e lambei os meus beizos.

"E esa lingua húmida? Deus, eres tan sexy, Erika", rosmou, poñendo a man nos seus boxers.

Pero parou e quitou a man un segundo despois.

Cos pantalóns colgando sedutoramente das súas cadeiras, agarrou os meus bíceps e levantoume facilmente.

Non había tempo para pensar.

Para expresar o meu desacordo.

Un segundo estaba aguantando a respiración, ao seguinte os seus beizos cálidos presionaron contra os meus cun fervor que nunca antes experimentara.

Calor.

Paixón.

Desesperación.

Fame.

Todo iso estaba xirando na miña cabeza.

Eu tamén estaba a sentir todo iso?

A súa lingua entrou na miña boca, reclamándoa.

Os seus dedos apertaron os meus brazos, achegándome a el.

A miña cabeza estaba lanzada cara atrás mentres me presionaba para adiante mentres o resto do meu corpo se apoiaba contra el.

Agora sinto ese bulto noutros lugares.

Presionándome.

Frotandome.

Encendendome.

Estaba fundíndome no seu bico cando, no meu xemido, me atopei sentado de novo.

Jadeando.

Pregúntame que diaños acaba de pasar.

A respiración de Robert era irregular.

E apoiouse na mesa, agarrando o bordo coas dúas mans.

Mirándome, os ollos moi ben.

Cando mirei para o seu peito lixeiramente axitado, levantoume o queixo.

Sostivoo por min.

Despois pasou o polgar polo meu beizo inferior antes de premerme na boca por un segundo.

Aproveitei a ocasión e lambeille o dedo, o que o fixo gruñir.

Empuxou máis profundo.

Pronto, estaba chupando a punta do seu polgar ata o primeiro nudillo mentres o movía lentamente dentro e fóra da miña boca.

O meu queixo aínda estaba ahuecado nos dedos.

Os meus ollos estaban centrados nos seus.

Os dous estabamos facendo sons suaves de pracer.

E o meu coño non paraba de apretar.

Nun momento dado, a súa man esvarou.

Tirou do meu queixo para axustarme, e caín cara adiante.

Recuperei o equilibrio poñendo as palmas das mans nas súas coxas.

Xusto a carón da súa ingle.

Como resultado, xemei e chuchei o dedo máis forte.

O seu asubío de sorpresa foi a súa única reacción mentres seguía empurrando o polgar dentro e fóra da miña boca.

Entón xemeu mentres as miñas mans apertaban os firmes músculos debaixo da súa roupa.

Un momento despois, liberouse e estaba de pé.

Robert volveu chegar aos seus boxers e logo soltou rapidamente o seu pene cunha exhalación aguda.

A coroa, que parecía vermella e emocionada, descansaba a poucos centímetros dos meus beizos.

A punta brillaba cunha única pinga nacarada no centro.

A miña lingua caeu da miña boca con anticipación.

"Veña."

A súa áspera aprobación fíxome xemir e lamberme de novo os beizos.

"Veña cadela".

O seu corpo balance un pouco mentres os meus dedos substituíron os seus e envolvían a textura aveludada do seu membro duro, mantendo firme.

El xemeu en voz alta no momento en que trouxen a punta da lingua ao ollo do seu pene.

Cara a esa perla.

Lambendoo e levándoo de volta á boca.

Saboreando o salgado do seu precum.

El era o que tremía agora, apoiado no bordo da miña mesa, de novo, para apoiar.

A rabia subindo nas miñas veas, soltei outra lambetada.

O plano da miña lingua, esta vez, no plano da súa cabeza flexible.

Outra maldición del animoume máis.

A miña terceira lambetada foi máis ousada, xirando arredor da coroa.

Unha rápida mirada ao seu pescozo estendido e os ollos pechados mostrou que o tiña onde quería ... á miña mercé, aínda que só fose por uns minutos.

Selando os meus beizos ao redor da súa coroa na seguinte lameira, chupei mentres apertaba suavemente a miña man ao redor do seu gran pene.

"Joder, puta, como sabes chupar!"

Eu tiña previsto o seu empuxe e retrocedei, o seu pene soltando cun suave pop.

Despois de respirar fondo, tíñaa de novo na boca.

Máis profundo agora.

Chupar mentres se acaricia.

Xemendo mentres colocou unha man na miña cabeza e pasou suavemente os seus dedos polo meu cabelo.

Movendo a cadeira cara adiante, deleiteime coa sensación contrastante, dura e suave de esvarar pola miña lingua.

A suave textura da súa roupa mentres pasaba a miña man libre arriba e abaixo da súa perna... arredor para acariciarlle o traseiro.

O cheiro a almizcle masculino na súa pel cada vez que o meu nariz se achegaba á súa base.

Pero igual que co seu bico, apartouse antes de que eu estivese listo para parar.

Deixándome xemido.

Despois púxome de novo en pé, onde tambalei sobre os meus talóns.

"Erika", espetou el, lambéndose os beizos.

Buscando nos meus ollos.

Suxeitandome contra el polo meu brazo dereito, a súa man libre trasladouse ás miñas costas e esvarou cara abaixo, acariñando o meu traseiro.

Ante o meu xemido, capturou o meu beizo inferior entre os dentes.

E entón succionou suavemente mentres eu presionaba o meu corpo contra o seu, aferrándome aos seus brazos.

"Roberto!" Boquei cando de súpeto me levantou polas cadeiras e sentoume na miña mesa.

Empuxou a miña saia lapis cara arriba e abriu as miñas pernas, meténdose entre elas.

O seu pene descansou entre nós, e sentín a humidade do seu precum empapando a miña camisa.

Cunha man acariciando a miña perna dereita a través das miñas medias ata a coxa, ahulecoume a parte de atrás da cabeza e bicoume.

Moi duro.

Cos ollos pechados, finalmente afundínme no seu abrazo, as miñas mans vagando sobre el.

Tocándolle os ombreiros.

Sentindo os seus músculos flexionarse e relaxarse.

Calor irradiando pola súa camisa.

Despois estaba na parte traseira do seu pescozo.

O seu cabelo facíame cóxegas na punta dos dedos mentres a súa lingua saqueaba a miña boca.

Un dos meus zapatos caeu cun chasquido mentres tentaba envolver a miña perna arredor da súa.

Tamén estaba en movemento.

Collendo o meu outro xeonllo, que fregou contra a súa cadeira.

Apretando suavemente a parte traseira do meu pescozo, facéndome arquear e xemir.

Despois acariñoume o lado do peito antes de collelo na palma da man e apertalo con máis forza.

O seu polgar acariñou o meu pezón a través da blusa e do suxeitador.

No meu estómago, podía sentir o seu pau latexar.

Duro e quente.

Aínda agarrando a parte traseira do seu pescozo coa miña man esquerda, deslicei a miña dereita entre nós e envolvín os meus dedos que pican arredor do seu pene xusto debaixo da coroa.

Despois pasei a almofada do meu polgar cara atrás e cara atrás pola punta, espallando alí o líquido fino.

Burlándose máis da fenda.

Robert mordeume de novo o beizo inferior, arrastrándoo á súa boca onde o chupaba.

Torceuno coa lingua.

Entón volveu cubrir os meus beizos cos seus.

Invitando a miña lingua a bailar.

Canto máis me bicaba, máis gruñía.

Canto máis me bicaba, máis ondulaba contra el.

A suor formouse na parte traseira do meu pescozo debaixo dos meus dedos.

Tamén podía sentilo entre os meus omóplatos.

Unha vez máis, retrocedeu, pero só nas nosas bocas.

Apoiou a súa fronte contra a miña, o seu alento quente no meu rostro.

Seguín xogando co seu pau, coa man esquerda descansando detrás de min agora.

"Ti... es... unha... puta... xoguetona", ahogou, encollendome e bicándome suavemente.

Cando deslizou a man por debaixo da miña saia sobre a miña coxa, solteille e tiven que poñer tamén a outra man detrás de min para apoiarme.

Despois fun eu quen lle mordeu o beizo inferior porque os seus dedos acariñaban máis cara a dentro.

"¡Merda!" Todo o meu corpo tremeu mentres o seu nudillo rozaba a miña coña cuberta de bragas.

" Es sensible", riuse.

Cepillando os seus beizos na comisura da miña boca, bateume cos nudillos tres veces máis.

A cada golpe, apretaba con máis forza.

"Mmm. Erika?"

"Eh que?" Pestañei e tentei tragar.

"Estás moi mollada, querida puta".

Os meus brazos cederon e caín de novo sobre a mesa cun gruñido.

Sentindo un dedo acariciando o exterior da miña coña debaixo das bragas, os meus ollos voltaron cara atrás.

A miña mandíbula caeu e a miña voz quedou atrapada no fondo da gorxa.

"Es tan rico", murmurou.

Na miña visión periférica, vin a Robert desaparecer.

Un segundo despois, algo húmido percorreu o meu coño.

Finalmente berrei, decatándome que era a súa lingua.

Entón estaba arrullando.

Arqueando as miñas costas.

Torcendo as miñas cadeiras.

Golpeando as palmas das mans contra os papeis espallados debaixo de min.

Abaixo, quitárame as bragas e atacábame cun arsenal de beizos, dentes e lingua.

Pero nunca nada penetrante.

E aínda así, iso é o que o meu corpo suplicaba en silencio.

Algo... calquera cousa...

Ben, non só calquera cousa.

Quería o seu pene, pero por agora conformaríame cun dedo ou dous.

Porén, non podía ler a miña mente.

E, por desgraza, non atopei as palabras para dicirlle directamente.

O meu outro zapato caeu ao chan mentres me agarraba o nocello e me suxeitaba a perna .

Retorcínme máis ante a sensación de golpear e darlle voltas ao meu clítoris co que probablemente fose o seu polgar.

E eu realmente berrei cando lentamente lambeu a miña coña arriba e abaixo.

Burlando o meu anel axustado e sensible durante un momento antes de comezar de novo.

Murmurei unha serie de improperios entremezclados con ahogos.

El xemeu e soltou a miña perna despois de colocala sobre o seu ombreiro.

Un segundo despois, sentín un par dos seus dedos deslizarse polo mesmo camiño que fixera a súa lingua antes de presionarme.

"Roberto!"

As miñas mans apretaban os meus lados, todo o meu corpo retorcíase sobre a mesa.

Atrapado entre tentar afastarse do seu toque e tentar seguir a súa man mentres comezaba a afastarse só para empuxar de novo.

Varias cousas chocaron mentres caían da mesa durante o proceso.

A súa risa profunda e receptiva díxome que obtivera a reacción desexada.

El continuou ao mesmo ritmo, provocando e torcendo os desexos en min.

Cada vez que a miña perna comezaba a esvarar, colleba a parte traseira do meu xeonllo na curva do cóbado e volvía a colocar no seu ombreiro.

Non tardei en chegar, jadeando e maldicindo o seu nome.

Rodar a cabeza cara atrás e cara atrás sobre a mesa.

Apretando e soltando unha man no cabelo agora.

A outra estaba distraídamente masajeando o meu peito a través da miña blusa como adoitaba facer cando estaba soa.

A miña mente aínda estaba confusa uns minutos despois.

Respirar era unha tarefa.

Eu estaba consciente de que baixaba o pé, pero non podía pechar as pernas xa que aínda estaba de pé entre as miñas coxas.

Moveuse dun lado a outro durante uns segundos antes de que os seus dedos acariciesen os meus sensibles beizos inferiores, facéndome estremecer.

Despois retirouse de novo.

Un momento despois, levantou a miña cabeza directamente debaixo da miña orella, co seu polgar acariñando a subida do meu pómulo.

O doce aroma dos meus zumes familiares chegou ao meu nariz.

"Erika?"

Murmurei algo... Abrín os ollos brevemente para ver o seu rostro colocado diante do meu.

Estaba apertando a mandíbula?

"Queres máis?"

Esta vez pestaneei.

Lambeume os beizos.

Tentei falar, pero acabei asentindo.

Deixou escapar un suave gruñido.

"Dío."

O meu coño apertado e os meus ollos enfocados momentaneamente.

A miña voz era áspera cando falaba.

"Si. Fódeme, Robert".

Os seus propios ollos parecían brillar.

Respirou fondo e deume un breve aceno.

Mantendo a súa man na miña meixela, sentín que volveu apartar as miñas bragas coa man esquerda antes de que o seu pene tocase o meu coño.

Preme cara adiante.

Púxoo en min.

Gruñemos en tándem mentres se deslizaba dentro.

Lentamente estirándome polgada a polgada.

E entón a súa ingua estaba apoiada contra a miña.

Deu un rápido empuxe das súas cadeiras, afondando un pouco máis, facendo que o meu pescozo se arquease cara atrás e as miñas mans se disparasen para coller os seus brazos.

Eu ronronei mentres el se afastaba e empuxaba de novo cara adiante.

Acelerou un pouco.

Establecendo o seu ritmo.

A miña respiración irregular tornouse máis tensa.

Non podía deixar de lamberme os beizos.

Tan preto.

Estaba tan preto de novo.

O seu antebrazo esquerdo descansou sobre min, os seus dedos rozándome o cabelo.

Xirei a cabeza cara ao seu toque e pechei os ollos.

Xemendo mentres a súa outra man acariciaba e acariciaba o meu peito ou a cadeira a través da miña roupa.

"Cum para min".

Premeu os beizos na miña fronte e agarrou o meu xeonllo, arrastrándoo ata a súa cadeira de novo.

As miñas costas arqueáronse nun espasmo ante as súas palabras.

A miña mandíbula caeu pola forma en que me acariciaba deliberadamente, tanto por dentro como por fóra.

Seguía empuxándome sobre aquel penedo.

Asomando.

E entón estrangulei o seu nome, ríxindome antes de que o meu corpo virase á dereita e despois á esquerda.

Murmurando palabras que nunca antes pronunciara... probablemente nin sequera sabía o que querían dicir.

Diablos, probablemente nin sequera fosen palabras reais.

"Deus, eres tan fermosa, Erika".

O jadeo de Robert fíxose aínda máis laborioso.

Os sons que facía eran embriagadores.

Mantiveronme retorcendome debaixo del.

Creo que vin unha segunda vez, ou foi unha terceira?

Antes de sentir o tenso.

Empuxou máis forte.

E entón rosmou o meu nome antes de deixar caer o seu corpo sobre o meu.

A calor do seu corpo coouse polas capas da nosa roupa humedecida de suor.

O seu corazón latexaba tan salvaxe como o meu contra o meu peito.

Ou quizais era meu o que sentín.

Entón a súa man presionou lixeiramente no meu cabelo, o seu polgar acariñando a miña fronte distraídamente.

Alternei entre tragar aire e lamberme os beizos.

Pasei a man cara arriba e abaixo pola parte traseira do seu brazo esquerdo, que tiña metido no meu costado despois da súa liberación, unha vez que me recuperara o suficiente para lembrar quen eramos... onde estabamos.

Unha réplica sacudiu a miña parte inferior das costas, facendo que os meus membros se torsionan.

O meu coño apertado e o seu pene torcido dentro de min.

Os dous xemimos.

Levantou o peso de min, bicoume suavemente antes de erguerse por completo.

Mordei o beizo contra outro espasmo na súa total retirada, contento de que aínda tivese a mesa debaixo de min como apoio.

Hipnotizado, mirei para o home que tiña no meu radar desde o primeiro día.

Ocorréuseme que estaba a pensar en todo isto, desde que viña preparado, mentres vin como se quitaba o preservativo usado, envolvíao nun par de panos de pano e tiraba o paquete ao meu lixo.

Púxose diante de min mentres apartaba o seu pau e axustaba os pantalóns.

Ela esperaba que acabase de arranxar a roupa, quizais pasase a man polo seu cabelo lixeiramente desordenado.

Pero sorprendeume cando me sorriu e puxo unha man detrás do meu ombreiro, axudándome a posicionarme.

Levantarse.

Collendo o meu rostro entre as dúas mans, bicoume suavemente.

Despois deu un paso atrás e inclinou a cabeza mentres xogaba co meu cabelo.

Axustou a miña camisa sobre os meus ombreiros e alisou as mans pola fronte sobre os meus peitos.

Endereitoume a saia con outra man no traseiro, facéndome tremer e sorrir coma un parvo.

"Volve ser presentable".

A súa voz era moi suave.

E o seu sorriso torcido e os seus ollos brillantes revelaron que probablemente aínda estaba a saír da adrenalina.

Cando estaba seguro do meu equilibrio, usou os meus pés para virar os meus talóns cara arriba e apuntalos na dirección correcta para que puidese deslizar os zapatos de novo.

Distraídamente, pasei as mans polo meu corpo dende as tetas ata o cu para asegurarme de que todo se sentía ben coma se non o fixera el mesmo.

Entón virei os ollos cara á miña mesa e engurrei o ceño.

A miña folla de cálculo de gran tamaño estaba arrugada.

Había un revolto de personaxes que parecían unha lingua estranxeira na pantalla do ordenador.

E faltaba a grapadora e o balde do lapis.

Polo menos fora o suficientemente intelixente como para gardar o meu informe antes de que me seducira.

Os elementos antes mencionados reapareceron de súpeto con dúas mans grandes masculinas situadas preto do meu ordenador.

Ese fora o ruído que escoitara antes.

Case a cámara lenta, levantei a cabeza, observando o ben que lle quedaba o chaleco a medida antes de encerrarme na súa mirada escura.

Durante un longo momento, Robert e eu mirámonos.

A comisura da boca aínda estaba dobrada.

Notei que o meu pulso seguía acelerando.

Despois de chegar cegamente detrás de min, atopei un dos apoyabrazos e devolvín a cadeira ao seu sitio.

Non foi ata que me sentei e me virei para borrar o galimatías que estaba escrito no ordenador que falou.

"Que estás facendo, Erika?"

Mirei cara atrás e cara atrás entre el e o monitor un par de veces.

"Ao rematar o meu informe, interrompiste. É o martes pola mañá e non o levarei a casa esta fin de semana".

Tirou dos puños da camisa de vestir e dos extremos do chaleco antes de sentarse na mesma cadeira de visita que antes e cruzar o xeonllo dereito sobre o esquerdo.

"Uh, que estás facendo, Robert?"

Axustou o nó da gravata marcada para que estea máis preto do seu pescozo e, a continuación, entregou as mans no colo.

"Agardando a que remates o teu informe".

Levantei unha cella.

"Así que?"

Robert deume un sorriso elegante.

" Para levala a cear, por suposto, antes de continuar isto nun ambiente máis cómodo para a exploración traseira. Se iso lle gusta, señora Sanders."

Cun salto no pulso e unha sacudida na comisura dos meus beizos, volvín ao meu monitor.

"Moi ben, señor González. Debería rematar aquí nuns cinco minutos".

FIN